波普先生的企鵝

Mr. Popper's Penguins

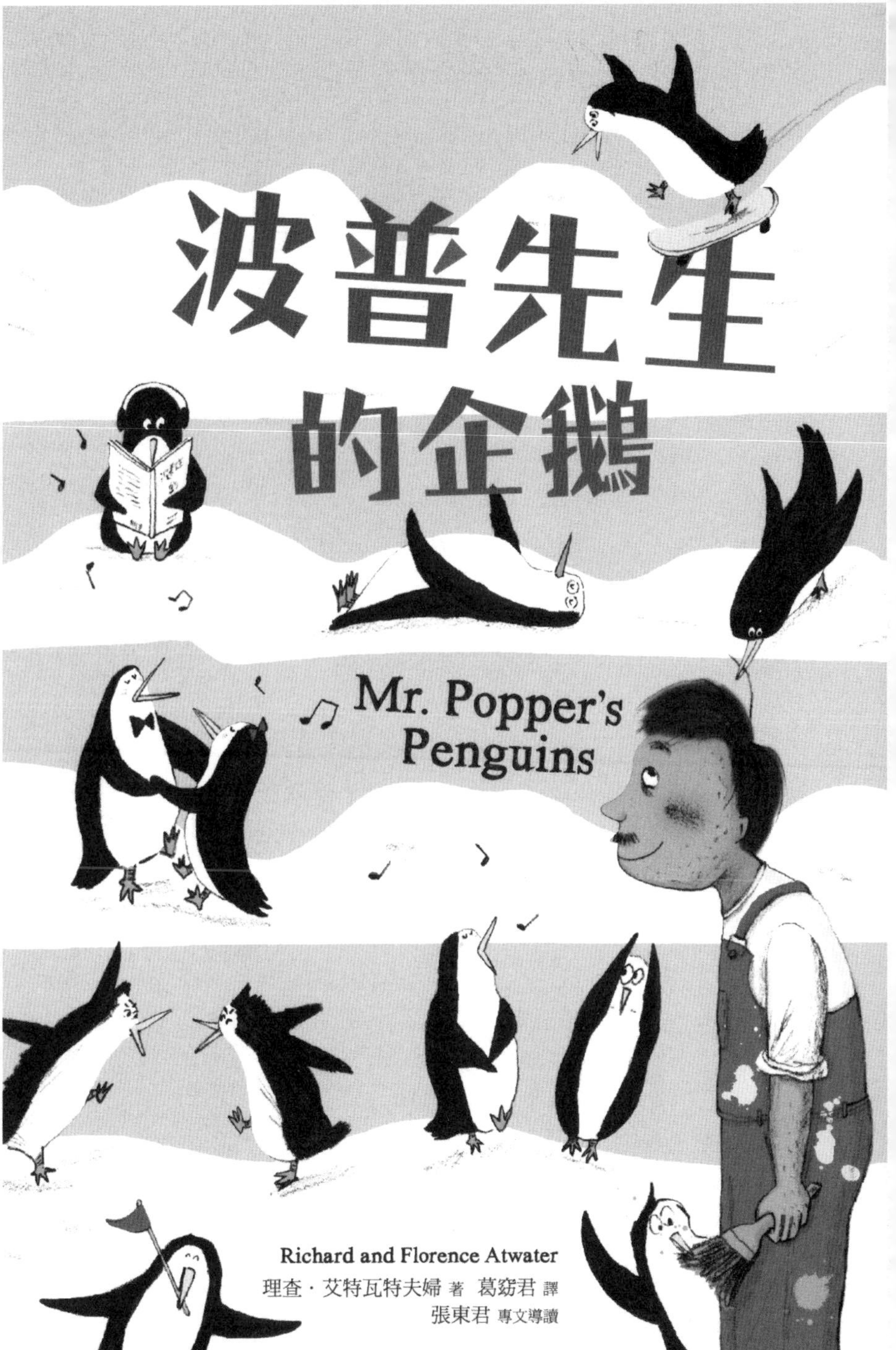

Richard and Florence Atwater
理查・艾特瓦特夫婦 著　葛窈君 譯
張東君 專文導讀

【經典新視界】出版緣起

不只是好故事，也是生命中重要的事

回想童年時代，與「閱讀」有關的回憶總是溫暖而充滿愛：晴朗微風的週末午後，父親牽著我的手走進兼賣各式文具、參考書的社區小書店，讓我挑選自己喜歡的書。經過一番躊躇猶豫，把架上的幾本書拿上又拿下，好不容易選定了書（很節制的一次只挑一本），讓書店老闆用素雅的薄紙包起。而後喜孜孜的捧起書，父女倆手牽手，愉快的散步回家，期待不久之後的下一趟「買書小旅行」。

彼時在小女孩心田深植的閱讀種子，如今已發芽茁長，讓我成為悠遊書海的愛書人。而今有幸成為出版人，最美麗的理想便是為孩子們出版好書，讓他們享受我曾經享受過的，關於閱讀的種種美好。

近年來有不少專家學者發表「閱讀與人格發展」的相關研究成果，指出「閱讀小說」是培養解決問題能力的絕佳方式。小說情節往往呼應現實人生；觀察小說主角的思考邏輯與行為模式，擴展了讀者的生活經驗，提升與人群和環境對應的能力。

諾貝爾文學獎作家馬奎斯筆下迷人的魔幻世界，原型來自童年時期外婆娓娓敘述的鄉土神話傳奇。外婆的故事穿過門外的雲絮與穹蒼，緩緩飄升，擴展了幼年馬奎斯的想像，使他融入幾千里外另一世代的眾多心靈，與不同時空的人群同悲共喜。

《哈利波特》作者J.K.羅琳曾在哈佛大學畢業典禮勉勵畢業生：人類是地球上唯一不需要「親身經歷」、便能「設身處地」想像他人心思和處境的生物。而啟動我們內心這股「魔法想像」與豐沛能量的泉源，正來自一部部開展讀者眼界的文學傑作。

義大利作家卡爾維諾說：「『經典』是每次重讀都帶來新發現的書；經典之書對讀者所述永無止境。」

經過縝密的評估、規劃並諮詢專家學者，遠流出版於二〇一六年初春隆重推出【經典新視界】書系，為少年讀者精選世界經典傑作。值得一提的是：其中多數書目為數十年來首見中文版，盼能為讀者彌補過往錯過的美好。這些好書均已在國外長銷半世紀，是一波波時光浪潮淘洗而出的珍珠，更是世界文學史上的瑰寶，榮獲國際大獎或書評媒體高度讚譽，值得品讀、典藏。

每本書不但有好看的故事，更有豐富深刻的議題。我們相信透過閱讀，能讓人生中各個階段重要的思考課題自然融入孩子心中；特別是家庭情感、土地認同、情緒管理、同理包容、人際關係、獨立思考、滋養創意、追尋夢想、公民意識……等。

這些好書陪伴孩子面對成長課題、養成一生受用的態度與價值觀，也幫助成人深入理解孩子的內心世界，成為孩子的傾聽者與陪伴者。為此，全系列每本書均委聘專家學者撰寫深入導讀，培養讀者的精讀力與思辨力，並可作為親子互動或教學活動的指引。

我們期待——透過經典好書涵養孩子的美感品味和情感底蘊；對生活有豐富的感受，對他人有同理包容之心。

我們期待——透過經典好書讓孩子培育深刻思辨、演繹批判和創新領導能力，進而拓展寰宇視野；在學習與成長過程中，站得高、看得遠。

我們深切期待——【經典新視界】為孩子構築與閱讀和家庭相關的美好記憶，讓孩子大口吸納成長的養分，眼中閃爍著被好故事點亮的靈光，看見新視界！

（楊郁慧執筆）

導讀

刺激想像，尊重動物

張東君（青蛙巫婆．科普作家）

說真的，我非常欽佩波普先生。我和他一樣嚮往南北極、熱愛關於極地的影片和極地探險的書，甚至拜託出版社編輯簽下北極探險的書來讓我翻譯。但假如有人送我企鵝，我恐怕沒辦法像波普先生那樣，即使幾乎傾家蕩產，仍以企鵝為優先；凡事均以企鵝會不會開心、吃得好不好為前提來對待牠。

但我仍「追逐」企鵝。過去在京都求學的時候，隔壁研究室有人研究企鵝，除了在動物行為講座的專題討論之外，我不時會請教這位學長有關南極和企鵝的細節。此外，只要有時間和機會，我一定不會錯過任何有企鵝的動物園和水族館。

去澳洲開會時得知菲利浦島上有種神仙企鵝（又叫小藍企鵝），儘管白天開會累得要死，傍晚仍興匆匆的搭乘來回數小時的巴士到小島上，看牠們隨著一波波的海浪從海中冒出來：一隻、兩隻、三隻……但冒出頭的企鵝左右張望，發現一旁虎視眈眈的捕食者數量竟比企鵝更多，就再退回海裡。等浪一次次的打上來、現身的企鵝聚集了十來隻時，衝啊！成群的粉桃腳丫和左搖右晃的企鵝屁股就爭先恐後的衝往岸邊，然後慢慢踱向民宅旁的草叢，或其他屬意的場所過夜。所以這個小島有一款交通標誌是車子底下有一隻企鵝，提醒車主在發動車子前一定要檢查車下有沒有窩著企鵝。

等等，澳洲也有企鵝？

沒錯，企鵝並不是南極才有的動物；澳洲、智利等地也有。但我並不是要跟大家說「想養企鵝就養」，絕對不是！先不管合不合法，一般人一時心血來潮就飼養企鵝的話，只會害了牠，不然也不會有那麼多貓狗或其他各類寵物經常被棄養。波普先生的企鵝雖是一件突如其來的「禮物」，其實是個大麻煩，但他仍舊盡最大的力量幫企鵝謀福利，從頭到尾，始終如一。

《波普先生的企鵝》這本書出版於一九三八年，真的是部跨世代的兒童文學經典。對我來說，能夠稱得上經典、且有動物出現的兒童文學作品，必須是故事情節引人入勝，且裡面的動物行為和生態敘述基本上沒有嚴重差錯，不會讓讀者對動物有錯誤印象。像《柳林中的風聲》、《夏綠蒂的網》也都是值得閱讀的經典。

動物和人之間，是真的可以培養出感情的。但是在現實生活中，不應該把牠們「擬人化」，幫牠們穿衣穿鞋，甚至不讓牠們下地而時常抱著走或讓牠們坐娃娃車，而是應該要尊重動物，不論牠是家裡的寵物還是野生動物，或是被養在家裡卻沒有被正確對待的倒楣動物。就算被稱為「毛小孩」，牠們也還是動物而不是人類小孩，有牠們原本的行為與生態；如果沒辦法提供適當的環境，就不該飼養動物。

波普先生的企鵝從原本的一隻變成兩隻、再變成十二隻。在書中以各種誇張的情節描寫了飼養野生動物時所可能發生的問題，很值得想養寵物的人參考。特別是在故事最後，讓我聯想到小學生的腦筋急轉彎考題「北極熊吃不吃企鵝？」，以及絕對應該制止的放生問題。經典之所以為經典，就是因為它不但能刺激想像力，還能讓我們不斷思考與討論。

那麼，波普先生的企鵝究竟是哪一種呢？

書中把特徵都清楚的寫出來了。全世界的企鵝不到二十種，先查詢書籍或網路的圖鑑，再跟親朋好友或我，或動物園企鵝館的保育員確認答案吧。

推薦文

美好的閱讀經驗

小熊媽張美蘭（親職作家．閱讀推廣人）

《波普先生的企鵝》在我家真的是一部受歡迎的經典作品，以前小熊哥在美國念書時就被小學老師要求讀過一次，等我們回台灣，他又自己去圖書館找了中文版來讀，兩次的閱讀經驗都很好。

我個人則是先看了金・凱瑞的改編電影版之後，和小熊討論，發現與原著有些不同，所以我去看原著，才對故事本身有更深的了解。

這個故事敘述油漆工波普先生，在平凡無奇的生活中最喜歡研究「極地」和「企鵝」，有一次他寫信給駐守在南極的探險隊長，沒想到隊長竟然送一隻企鵝給他！之後又因緣巧合的冒出許多企鵝，發生許多意想不到的事，改變了波普一家人的生活……

這是一個平凡人的不平凡故事；企鵝與人之間的有趣互動，是本書最精采之處！的確是青少年文學的經典之作。

不平凡的幽默

何貞慧（基隆市七堵國小教師）

波普先生忙於一家人的生計，怎麼還能養活這麼多隻企鵝呢？這一份動力來自於生命的幽默感——生活加入了探索的樂趣，就變得活力十足；生活加入了淺淺的微笑，就變得雲淡風輕；生活加入了急中生智的幽默，就變得不平凡。

平凡的波普先生，因為愛閱讀、愛企鵝，做出了不平凡的行動，也就跟著不平凡了呢！

詩人雨果說過：「生命如花朵，愛是花中蜜。」讓我們翻開這本書，一頁一頁領受人與企鵝間難能可貴的愛與關懷吧！

化危機為轉機的智慧

邢小萍（臺北市新生國小校長）

闔上這本書，沉思許久，真是一本充滿希望又可愛的書。

愛作夢的波普先生的生活，從一封信開始發生改變，因為他勇於表達自己的想法，這封信為他帶來了一隻南極企鵝，而這隻企鵝後來繁衍成一個十二隻企鵝的家族。

波普先生只是一名油漆工，有善良的太太和兩個孩子。一群企鵝來了，從餵食、居住、飼養到繁殖……這一家人毫無經驗，他們會如何解決這些危機呢？當危機出現時，唯有面對它、接受它、處理它。

波普先生最常對太太說：「我統統會處理，親愛的。」閱讀的過程中有時也會替波普先生緊張，真的可以嗎？行得通嗎？有趣的是，當你認真的想做一件事時，你會發現全世界都在幫助你！

想知道波普先生和他的企鵝們的冒險歷程嗎？打開書，跟著波普先生和企鵝去學習如何化危機為轉機吧！

極有深度的逗趣故事

宥勝（知名藝人）

我最佩服的就是寓教於樂、大人小孩看了都會受益良多的好故事，而《波普先生的企鵝》就屬於這一類。古怪的油漆工在家裡養一群失控頑皮的企鵝，怎麼看都是令人捧腹大笑的畫面，但我卻深深的被結局感動。

一個男人究竟該投入什麼事業？一個女人究竟能如何支持丈夫？堅持生命中熱愛的事是不是就注定窮愁潦倒？得到金錢和名利後是不是就一定會永遠快樂無憂？

結局讓我熱淚盈眶，因為波普先生做了我最欣賞的決定，而波普太太也成為我心中的「模範妻子」。但這個故事有那麼沉重嚴肅嗎？請放心，它可是輕鬆逗趣得讓孩子愛不釋手呢。祝閱讀愉快。

比電影更精采深刻

施政廷（兒童文學工作者）

過去欣賞金・凱瑞主演的電影《波普先生的企鵝》，深深讚嘆奇妙的電影技術，把不可能生活在人類社會中的企鵝，活靈活現的呈現在觀眾眼前。歡笑之餘，許多人並不知道這個充滿幽默奇想的故事，改編自一本八十年前的經典童書。如今閱讀艾特瓦特夫婦的小說作品《波普先生的企鵝》，讓我們得以賞讀原著。

人類總是自認比其他動物高階，對待動物時往往從自身利益出發。故事中的波普先生能夠從企鵝的角度來看世界，探索學習如何和企鵝相處，並處處為企鵝著想，連鄰居朋友都覺得他活像一隻企鵝。

這個如馬戲團般熱鬧有趣的故事，給讀者帶來許多啟示。若是你只看過電影而沒讀過原著，千萬別錯過！

愛會更深，情會更濃

傅林統（兒童文學工作者）

閱讀《波普先生的企鵝》，給你一種非常奇妙的感覺——拍案稱奇的故事是道地的奇談，談出你深藏內心的愛和願望。

所有孩童和童心未泯的大人，都說寵物比起人還貼心。誰不愛寵物，誰不感嘆波普先生疼愛寵物那真切的情意！

就在充滿幽默和驚喜的「悅讀」中，你的赤子心不知不覺和波普一家人惺惺相惜，熱愛庫克船長和一窩聰明伶俐的企鵝。

慢慢才發覺不僅是對企鵝，也對一切生命之愛更深、更濃，且綿綿不絕，清晰的看見瀅瀅心湖泛起愛的漣漪，映出美如天堂的愛的景象。

帶來無限驚奇的迷人經典

黃筱茵（兒童文學翻譯評論工作者）

這是一則為讀者帶來無限歡笑與驚奇的故事。生活在寧靜小鎮的波普先生以油漆工為業，每年為家家戶戶粉刷房屋、張貼壁紙後，波普先生就退居家中，躲在數不盡的極地冒險書冊間，想像那片神奇的白色大地。一天，波普先生竟然真的收到從南極快遞來的一隻企鵝！這豈不是夢想成真嗎？波普先生一家將面臨什麼挑戰呢？

由於全心全意熱愛企鵝，波普先生先是讓遠道而來的企鵝住進冰箱，後來索性改造整層地下室，讓企鵝家族擁有舒適冰涼的居住空間。為了不讓企鵝熱得吃不消，波普一家人甚至打開窗戶、穿上大衣，讓寒風從敞開的窗戶吹入。這樣的場景，怎能不叫人驚訝又感動？

跟隨波普先生奇妙的境遇，讀者們八成會一口氣看完整本高潮迭起的小說。這個故事結合作者對企鵝生態巨細靡遺的了解，加上讓現實與想像碰撞交會的狂想火花，成就了好看又精采的情節，才得以傳誦八十年。

無遠弗屆的強大夢想

劉清彥（兒童文學工作者）

《波普先生的企鵝》這部經典作品是在作者理察・艾特瓦特中風臥病後，由妻子芙蘿倫斯・艾特瓦特接續整理完成。書中不僅充滿高潮迭起、趣味橫生的戲劇性，同時將有關南極企鵝的科普知識與保育概念巧妙的融合其中；讓我們看見並且相信「夢想」能夠穿越時空、超越現實困境，具有無遠弗屆的力量，也能以適切的眼光和態度去看待我們身處的世界，以及如何與萬物建立共存共榮的關係。

艾特瓦特夫婦透過這本默契十足的傳世作品，為當代的我們帶來超越現實和值得深思與自省的美好閱讀體驗。

尋找生命的熱情

蔡幸珍（新北市書香文化推廣協會理事長）

這是一本溫暖、詼諧、幽默，讀起來輕鬆又愉快的小說。一隻來自南極的企鵝改變了波普一家人的生活。波普熱愛企鵝成痴，生命有了企鵝，就有光彩。他為企鵝所做的一切，稱得上是「真心真愛」的表現。

我羨慕波普，找到生命中的摯愛，也羨慕波普的企鵝，得到波普一家人全心全意的疼愛。你呢？你找到生命中的熱情之所在了嗎？那就是讓你渾然忘我、樂此不疲、全心投入終不悔的「波普企鵝」！

單純而珍貴的動物之愛

蔡淑媖（兒童文學工作者）

波普先生的經濟情況並不寬裕，一家四口只能吃豆子罐頭過冬，可是，他們卻不顧生計的對待像夢一樣出現在家裡的企鵝，從一隻到兩隻到十二隻，這批突如其來的新成員成為他們的生活重心，改變了他們的命運。

企鵝為他們帶來災難般的動盪，這家人卻甘之如飴，合作無間的守護這段人與動物的特殊情誼，而企鵝們也感受到這份真誠而予以回饋。

這是個讀起來很溫馨、愉快的故事，很適合當床邊故事讀給孩子聽喔！

目錄

1 靜水鎮的油漆工

九月底的某個午後，在宜人的靜水鎮上，油漆工波普先生正要收工回家。

波普先生扛著工作用的桶子、梯子和木板，走起路來很吃力。他身上沾著斑斑點點的油漆和塗料，頭髮和鬍子上黏著壁紙碎屑，顯示出不修邊幅的率性模樣。

波普先生經過時，玩耍的孩子們抬起頭朝他微笑，主婦們看到他便說：「哎呀，是波普先生。我得記得明年春天叫約翰找人把房子重新粉刷一遍。」

沒人知道波普先生的腦袋裡在想什麼，也沒人猜得到有一天，他會成為靜水鎮最出名的人。

波普先生是個愛作夢的人，即使在工作最忙碌的時候，像是忙著抹平壁紙上的漿糊或是油漆房屋外牆時，他都會想東想西，忘記自己手上的活。

有一次，他把廚房的三面牆漆成綠色，剩下的第四面牆卻漆成了黃色；那一家的太太不但沒火冒三丈、叫他重漆一遍，反而很喜歡這種搭配，就這樣保留了下來。其他主婦看到了也很喜歡，於是不久後，靜水鎮每戶人家都有了雙色廚房。

波普先生會這麼心不在焉，是因為他總是夢想著遙遠的國度。他從來沒離開過靜水鎮。

倒不是說波普先生過得不開心。他有一棟舒適的小房子，有深愛的妻子，還有兩個孩子，名叫珍妮和比爾。但他還是常常會私下揣想，要是在遇見波普太太並結婚安頓下來之前，曾經到世界各地走走看看就好了。

他從沒去過印度獵捕老虎，也沒爬過喜馬拉雅山，或是潛入南海尋找珍珠，尤其是不曾踏上南北極。

這是波普先生最遺憾的事，他始終沒有親眼見識過那廣袤

無垠的閃亮白色冰雪世界。

他真希望自己是個科學家，而不是靜水鎮的油漆工，這樣才能加入偉大的極地探險隊。雖然無法成為探險隊的一員，但他總是想著這件事。

每次只要聽說鎮上有關於極地的電影上映，波普先生總是第一個出現在售票口，而且常常一口氣連看三場。只要圖書館進了關於南極或北極的新書，波普先生總是第一個借閱。說真的，他對極地探險家的故事讀到滾瓜爛熟，可以如數家珍般的詳述每一位探險家的名字和事蹟，稱得上是這方面的權威。

傍晚是波普先生最快樂的時候，他可以坐在自己的小房子裡，閱讀那些描寫地球最南和最北端寒冷地區的書籍。他會一邊讀一邊對照去年耶誕節珍妮和比爾送他的那個小地球儀，找出確切的地理位置。

所以在這一刻，走在路上的波普先生滿心快活，他很高興這一天結束了，也很高興九月快要過完了。

他走到傲足大道四三二號的小房子前，轉身進了大門。

「哎，親愛的。」波普先生放下身上扛的桶子、梯子和木板，一面親吻波普太太一面說：「裝修房屋的季節結束了，我漆完了靜水鎮所有的廚房，也幫榆樹街那棟新公寓大樓的每個房間貼上了壁紙。直到明年春天大家開始想要油漆房屋以前，再也不會有其他工作了。」

波普太太嘆了口氣說：「有時候，我真希望你做的是那種持續一整年的工作，而不是只從春天忙到秋天。當然啦，你放假在家是很好，只不過有個人整天坐在家裡看書，實在有點礙手礙腳。」

「我可以幫忙粉刷房子。」

「不用了，真的。」波普太太的語氣很堅定，「去年你沒別的事可做，重新油漆了浴室四次。這件事就到此為止吧。真正讓我擔心的是錢的問題。我存了一點錢，我們應該可以像往年的冬天那樣撐過去，不過烤牛肉和冰淇淋是沒得吃了，就連星期天也一樣。」

從外頭玩耍回來的珍妮和比爾趕緊問道：「我們要每天吃豆子罐頭嗎？」

波普太太回答：「恐怕是這樣。反正，快去洗手吃晚飯吧。還有爸爸，快把這些亂七八糟的工具收一收，你會有很長一段時間用不到這些東西。」

2 千里問候

那天晚上，等到孩子們上床睡覺，波普夫婦坐下來享受安寧的長夜。傲足大道四三二號的小屋有整潔的客廳，看起來和靜水鎮其他各戶人家差不多，唯一的不同是牆上掛著許多《國家地理雜誌》的照片。波普太太縫補衣物，波普先生則拿起了菸斗、書和地球儀。

想到即將來臨的漫長冬季，波普太太不時發出輕嘆，擔心豆子罐頭是不是真的夠吃。

波普先生倒是無憂無慮。他戴上眼鏡，心滿意足的想著可以一整個冬天閱讀旅遊書籍，把工作擱在一旁。他把小地球儀放在身邊，開始看書。

「你在看什麼書？」波普太太問。

「這本書叫作《南極探險》，非常有趣，介紹許多到過南極的人分別發現了什麼。」

「你每天看那些南極的書都不會膩嗎？」

「不會啊。當然囉，我比較想要親自到南極探險而不只是光看書，不過，沒魚蝦也好啦。」

波普太太說：「我覺得那邊一定很無聊。聽起來又冷又無趣，一片冰天雪地的。」

「才不會呢！」波普先生回答，「要是去年你和我一起去看德雷克司令遠征南極的電影，就不會這麼說了。」

「反正我沒去，而且我也不覺得現在我們有錢看電影。」波普太太的語氣有點尖銳。她絕不是個壞脾氣的女人，只是有時候會因為擔心錢而變得暴躁。

波普先生繼續說：「親愛的，要是你去看了電影，就會知道南極有多美。不過我覺得最棒的部分是企鵝，怪不得遠征隊所有人都和企鵝玩得那麼開心，牠們是全世界最有趣的鳥。

「企鵝不像其他的鳥會飛，而是站著走路，像個學步的小人兒，走累了就趴下來用肚子滑行。要是能養一隻企鵝當寵物該有多好。」

「寵物！」波普太太說，「先是比爾想要養狗，然後是珍妮哀求著要養小貓，現在你又說什麼企鵝！我才不要在家裡養什麼寵物，把房子弄得髒兮兮。我光是要讓家裡維持乾淨整齊就已經夠忙的了，更別提養寵物得花多少錢。反正啊，我們已經有一缸金魚了。」

波普先生又說：「企鵝是很有智慧的鳥。你看，媽媽，書上說企鵝要抓蝦子的時候，會聚集在冰岸邊緣，

但是不會馬上跳下去，因為海裡可能有海豹等著吃牠們。所以牠們擠在一起推來推去，直到有隻企鵝掉下去，就可以知道海裡是不是安全。也就是說，要是那隻企鵝沒被吃掉，其他企鵝就能確定可以安全的跳進海裡。」

「天哪！」波普太太十分震驚，「聽起來真是一種相當野蠻的鳥。」

波普先生說：「說也奇怪，北極熊全都住在北極，企鵝卻全都住在南極。我想，要是企鵝能找到路去北極，應該也會喜歡那邊。」

到了十點鐘，波普太太打了個呵欠，放下手中縫補的衣物說：「好啦，你繼續看那些野蠻的鳥，我要去睡了。明天是九月三十日星期四，我得去參加愛心婦女會的第一次聚會。」

「九月三十日！」波普先生興奮的說，「你該不會是說，今天是九月二十九日星期三吧？」

「怎麼啦？是啊，我想是這樣沒錯。那又怎麼樣？」

波普先生放下那本《南極探險》，匆忙轉向收音機。

「怎麼樣？」他一邊按下開關一邊說，「嘿，今天晚上，德雷克南極遠征隊要開始廣播啦。」

波普太太說：「這有什麼了不起。不過就是一堆人從地球最南端大聲嚷嚷：『嗨，媽。嗨，爸。』」

「噓！」波普先生要她安靜，一面把耳朵湊向收音機。

一陣沙沙聲過後，突然有個微弱的聲音，從南極飄進了波普家的客廳。

「我是德雷克司令。嗨，媽。嗨，爸。嗨，**波普先生**。」

波普太太驚呼：「我的老天啊，剛才他是說『爸爸』還是『波普』？」

「哈囉，在北方靜水鎮的波普先生。謝謝你的來信，以及對我們上次遠征照片的好評。敬請期待回覆，不過不是回信喔，波普先生。等著大大驚喜吧。廣播結束。廣播結束。」

「**你**寫信給德雷克司令？」

「是啊，我是寫了。」波普先生承認，「我寫信告訴德雷克司令，我覺得那些企鵝非常有意思。」

「真是沒想到……」波普太太詫異極了。

波普先生拿起他的小地球儀，找到了南極。「想想看，德雷克司令從那麼遙遠的地方對我說話，還提到了我的名字。媽媽，你覺得他說的**驚喜**是什麼意思啊？」

波普太太回答：「我一點概念也沒有。總之我要上床了，我可不想要在明天的愛心婦女會上遲到。」

3 來自南極的驚喜

那天晚上波普先生睡得不太安穩，一方面是因為偉大的德雷克司令透過收音機對他說話，讓他激動不已；另一方面，司令所說的話更讓他好奇，他簡直不知道自己要怎麼樣才能熬到謎底揭曉的那一刻。到了早上，波普先生為自己無事可做而感到懊惱，他沒有要去的地方、沒有要漆的房子，也沒有要貼壁紙的房間，完全不知道該如何打發時間。

他問波普太太：「你想不想重貼客廳的壁紙？我有不少八十八號壁紙，是貼市長公館剩下來的。」

「不想。」波普太太的態度十分堅定，「現在貼的壁紙已經夠好了。今天我要去參加愛心婦女會的第一次聚會，我可不想在回家的時候看到屋裡一團亂。」

「好吧，親愛的。」波普先生溫順的回答後，再次埋首於菸斗、地球儀和《南極探險》，但是不知道怎麼搞的，他今天就是沒辦法專心看書，滿腦子思緒老是不由自主的飄向德雷克司令所說的話——他說要給波普先生**大大驚喜**，到底是什麼意思呢？

幸好波普先生沒有等待很久就獲得了解答。當天下午，波普太太還在參加聚會，珍妮和比爾也還沒放學回家，前門卻傳來響亮的門鈴聲。

波普先生對自己說：「應該只是郵差。不用理他。」

門鈴再次響起，這一次比上次更大聲了些。於是波普先生發著牢騷走向門口。

站在門外的不是郵差，而是一名快遞員，帶著一個波普先生所見過最大的木頭箱子。

「收件人波普住在這裡沒錯吧？」

「就是我。」

「這是從南極一路空運快遞過來的包裹。嘿，還真是很長的一段路程啊。」

波普先生簽收之後，仔細檢查了這個箱子。箱子外面貼滿了標籤，一張標籤上頭寫著**請立即開啟**，另一張標籤上頭則寫著**保持低溫**。他還發現箱子四面開了氣孔。

可想而知，箱子一搬進屋，波普先生立刻找來開箱用的螺絲起子，此時，他當然已經猜到這是德雷克司令送來的驚喜。

他拆開了最外面的木板和包覆的一層乾冰，這個時候突然從箱子的深處傳出一聲微弱的**嘎**。波普先生的心臟幾乎立刻停止了跳動。毫無疑問他曾經聽過這種聲音——在德雷克遠征南極的電影裡聽過。他的手抖到差點沒辦法揭開最後一層包裝。

無庸置疑，鐵定是隻企鵝。

波普先生欣喜得說不出話來。

但是那隻企鵝可有話要說了，牠又說了一次：**嘎**，而且這次邊說邊張開兩隻像槳一樣的翅膀，跳出了殘餘的包裝材料。

這隻企鵝是個矮矮胖胖的小傢伙，身高大約七十五公分，雖然體型像個幼

兒，但是正面光滑的白色肚皮配上拖在背後的一截短短黑色尾巴，讓牠看起來更像一個穿著燕尾服搭配白背心的小紳士，兩隻眼睛嵌在黑色頭部的兩個小白圈當中。牠把頭先轉向一邊，然後再轉向另一邊，一次用一邊的眼睛打量波普先生。

波普先生曾經在書上讀到企鵝生性好奇，而今事實擺在眼前，這個新來的訪客開始邁出步伐檢視整棟房子，用一種趾高氣揚的奇異姿態踏著小碎步，穿過走廊進入臥房，又從臥房來到浴室。在環顧浴室的時候，牠（或者該說是「他」，因為波普先生已經暗暗認定牠是公的）的臉上露出愉快的表情。

波普先生心想：「或許浴室的白色瓷磚讓牠想起了南極的

冰雪。可憐的小東西，說不定牠渴了。」

波普先生開始小心翼翼的往浴缸裡放冷水。這項任務有點困難，因為那隻好奇的鳥兒不斷探頭過來，試圖用尖尖的紅色鳥喙去啄水龍頭。但是最後波普先生還是成功的把浴缸放滿了水，然後抓起那隻不斷探頭探腦的企鵝放進浴缸，企鵝毫無抵抗的接受了。

波普先生說：「還好你不會害羞。我猜，你已經習慣和南極那些探險家玩在一起了。」

等到波普先生覺得企鵝已經洗夠了澡，就拔掉塞子放水。他正在想不知道接下來該做什麼的時候，放學回家的珍妮和比爾衝了進來。

「爸爸，」他們在浴室門口齊聲大喊，「那是什麼？」

「是德雷克司令送給我的南極企鵝。」

「看！」比爾說，「牠在遊行！」

這隻心滿意足的企鵝確實正在遊行，牠一面滿意的輕點著帥氣的黑頭，一面在浴缸裡昂首闊步的走來走去，有時候看起來像在計算步伐——直六步、橫兩步，然後再一次直六步、橫兩步。

比爾說：「這麼大的鳥，腳步卻這麼小。」

珍妮說：「你看，牠的小黑尾巴拖在屁股後面，看起來好像穿了一件太大的外套。」

此時，企鵝似乎厭倦了遊行，這一回走到浴缸盡頭的時候，

牠決定跳上浴缸滑溜的弧狀邊緣，然後轉過身張開雙翅，用白色的肚子往下滑。從正面看起來像是燕尾服袖子的那雙黑翅，內裡卻是白色的。

「**咕喀！咕喀！**」企鵝邊喊邊一次又一次的嘗試這個有趣的新遊戲。

「牠叫什麼名字呢，爸爸？」珍妮問。

「**咕喀！咕喀！**」企鵝再一次用光潤的白色肚子往下滑。

「聽起來像是在說『庫克』。」波普先生說，「對啦，就是這樣沒錯，就叫牠庫克吧——庫克船長。」

4 庫克船長

「叫誰庫克船長啊？」問話的波普太太悄無聲息的進了家門，所以沒人發現她回來了。

波普先生回答：「哎呀，當然是那隻企鵝啦。」波普太太吃驚得一屁股跌坐在地上，她努力讓自己恢復鎮定的同時，波普先生繼續往下說：「我剛剛跟孩子們說，我們應該把這隻企鵝命名為庫克船長。這位知名的英國探險家活躍於十八世紀後期，差不多是美國獨立革命的時候。他航行到了以前從來沒人去過的地球各個角落。

「當然啦，庫克船長沒有真正到過南極，但是有很多關於南極地區的重要科學發現都是他的貢獻。他是一個充滿決心和勇氣的人，也是個傑出的領導者，所以我認為庫克船長這個名字非常適合我們這隻企鵝。」

「哎，真是萬萬沒想到！」波普太太說。

「**咕喀！**」庫克船長忽然又活動了起來，雙翅一拍，從浴缸跳到了盥洗台上，站在那兒花了一點時間審視地板，然後跳下來走向波普太太，開始啄她的腳踝。

「快叫牠停止啊，爸爸！」波普太太一面尖叫，一面往後退到走廊上，庫克船長緊跟著她，後面尾隨著波普先生和孩子們。到了客廳，波普太太停了下來，庫克船長也立定不動，看起來很喜歡這個房間。

話說客廳裡出現一隻企鵝可能看起來很怪，但是在企鵝眼中，客廳看起來更要怪上十萬倍。

看到庫克船長圓圓的眼睛閃爍著興奮好奇的光芒，黑色燕尾服招搖的拖在背後，用桃紅色的小腳丫踏著神氣的步伐，在軟墊座椅之間走來走去，每一張椅子都去啄啄看是用什麼做成的，這幅景象讓波普太太都忍不住露出微笑。接著庫克船長忽然轉身，朝向廚房前進。

「牠可能是餓了。」珍妮說。

庫克船長直直走向冰箱。

「**咕喀？**」庫克船長的叫聲帶著疑惑，慧黠的轉過頭歪向一邊，用右眼望著波普太太，露出懇求的表情。

波普太太說：「這傢伙確實很可愛。也不能怪牠咬我的腳踝，牠八成只是好奇。不管怎麼說，牠看起來乾乾淨淨，應該是一隻好鳥兒。」

「**嘎？**」企鵝再次發問，一邊向上伸長了鳥喙，輕啄冰箱門的金屬把手。

波普先生幫他開了門，庫克船長站得高高的，光滑的黑色頭部向後傾，好看清楚冰箱裡面。由於波普先生的工作期已經結束，正準備過冬，所以冰箱不像平常那樣裝滿了東西，不過庫克船長並不知道這一點。

「你們覺得牠喜歡吃什麼呢？」波普太太問。

「我們來看看。」波普先生把所有食物拿出來，放在廚房的桌子上，「好啦，庫克船長，你自己來看看吧。」

企鵝先跳上一張椅子，再跳上桌子的邊緣，拍了拍翅膀，好讓自己恢復平衡，然後莊嚴的繞著桌子走了一圈，饒富興致的一一檢視每種食物，不過只用眼睛看，而沒有碰觸其中任何一樣。最後，牠立正站好，站得又直又挺，抬高鳥喙指向天花板，發出響亮的**喔**——**喔**——，顫動的喉音簡直像貓咪滿足的低鳴。

「這是企鵝表示非常開心的方式。」波普先生曾經在介紹南極的書上讀過這項知識。

然而庫克船長顯然是想要感謝波普一家的好意，而不是讚美他們提供的食物，因為下一刻牠就跳下桌，不顧眾人的詫異走進了餐廳。

「我知道了，」波普先生說，「我們應該弄一些海鮮給牠吃，蝦子罐頭之類的。說不定牠還不餓。我在書上看過，企鵝可以一個月不吃東西。」

「媽媽！爸爸！」比爾高聲叫喚著，「快來看庫克船長幹的好事。」

來不及了，事情已經發生了。庫克船長發現了餐廳窗台上的那缸金魚，等

波普先生趕到跟前把牠抱走時，牠已經吞下了最後一隻金魚。

「壞，壞壞企鵝！」波普太太瞪著庫克船長責備牠。

庫克船長則是愧疚的蹲坐在地毯上，試圖把自己的身體縮到最小。

波普先生說：「牠知道自己做錯事了，真是聰明啊。」

「說不定我們可以訓練牠。」波普太太半開玩笑的數落著企鵝，「壞壞，調皮的船長。壞壞，吃金魚。」然後她打了那渾圓的小黑頭一下。

波普太太還來不及打第二下，庫克船長就慌慌張張、搖搖擺擺的走向廚房。

波普一家人跟了過去，發現庫克船長正試圖鑽進還開著的冰箱裡。牠蹲坐在製冰盒下方，硬是把身體塞進這個根本擠不下的小空間，鑲著一圈白邊的圓眼睛從冰箱昏暗的內部向外窺看波普一家人。

波普先生說：「我想，冰箱的溫度很適合牠。晚上可以讓牠睡在裡頭。」

「但是我要把食物放在哪裡？」波普太太問。

「唔，我想我們可以再弄一台冰箱放食物。」波普先生搔了搔頭。

珍妮說：「看，牠睡著了。」

波普先生把冰箱的溫度調到最冷，好讓庫克船長睡得更舒服，又把冰箱門留了一條縫，好讓牠呼吸充足的新鮮空氣。

波普先生說：「明天我會找修冰箱的技工來，在門上鑽一些洞好讓空氣流通，然後還可以在門裡面裝個把手，這樣庫克船長就可以隨自己高興進出冰箱了。」

「哎呀呀，我從來沒想過我們會養隻企鵝當寵物。」波普太太說，「不過呢，大致說來，牠的表現還不錯，而且又乖巧又乾淨，搞不好可以成為你和孩子們的好榜樣。現在呢，我們得趕快辦正事啦。光顧著看那隻鳥，什麼也沒做。爸爸，可以幫忙把豆子端上桌嗎？」

「再一分鐘就好。」波普先生回答，「我剛想到，冰箱的底板對庫克船長來說並不舒服。企鵝一般是用石頭和鵝卵石做巢，所以我要拿一些冰塊出來，放在牠的身子下面。」

5 量身打造

第二天，傲足大道四三二號可說是一波未平一波又起，先是來了維修技工，接著是警察，然後還有執照的問題。

庫克船長在孩子們的房間裡看珍妮和比爾在地板上拼圖，牠因為吃下一片拼圖而被比爾打屁股以後，就學會了乖乖在旁邊看著不搗亂，並沒聽到技工從後門進來的聲音。

波普太太出門去買給企鵝吃的蝦子罐頭，所以只剩波普先

生在廚房裡向技工解釋他想要怎麼樣改造冰箱。

技工把工具袋擱在廚房地板上，看看冰箱，然後又看看波普先生。說實話，波普先生既沒刮鬍子也沒打理儀容，看起來相當邋遢。

技工說：「先生，冰箱門上不需要什麼通氣孔。」

「這是我的冰箱，我想要在門上開孔。」波普先生說。

他們倆爭執了好一會兒，波普先生心裡明白，要讓技工按照他的話去做，只需要好好說明他打算把一隻寵物企鵝養在冰箱裡；在門上開洞，才能讓企鵝有充足的新鮮空氣，就算整晚關著冰箱的門也沒問題。但是他卻不大情願費心解釋。他不想向這個態度冷淡的技工提到庫克船長的事，尤其是他已經開始

用異樣的眼神看著波普先生，好像在懷疑他腦筋不對勁。

波普先生說：「聽著，快照我說的去做就對了。我會付你錢的。」

「用什麼付？」技工問。

波普先生掏出一張五百元紙鈔給他。一想到這筆錢可以買多少豆子罐頭給波普太太和孩子們吃，就讓波普先生免不了有點傷心。

技工仔細檢查這張鈔票，一副不太信任波普先生的樣子。不過，最後他還是把錢收進口袋，然後從工具袋拿出鑽子，在冰箱門上整整齊齊的鑽了五個小洞。

「對了，等一下，別急著收東西。」波普先生說，「還有

一件事。」

「又怎麼了？」技工說，「我猜現在你想把門卸下來，好讓更多空氣進去。不然就是把冰箱改造成一台大型收音機？」

「別胡說。」波普先生氣呼呼的說，「不管你信不信，我很清楚我在做什麼——我是說，要你做什麼。我要你在冰箱門的內側加裝一個把手，這樣就可以從裡面開門了。」

技工回答：「這可真是個好主意啊。在裡面加裝一個把手，當然啦，沒問題。」他開始收拾工具袋。

「你不幫我做嗎？」波普先生問。

「喔，當然，沒問題。」技工邊說邊側過身朝後門移動。

波普先生發現，儘管這個技工滿嘴答應，卻拖拖拉拉的不肯動手。

「我以為你是個技工。」波普先生說。

「我是啊。這是我聽到你說的第一句有道理的話。」

「你這個技工還真有本事，連要怎麼在冰箱門裡面加裝把手都不會。」

「哦？我不會嗎？別以為我不知道怎麼弄。說實在的，我的工具袋裡剛好有個備用的把手，螺絲也多得很。你可別以為我不知道怎麼弄，我想要做就會做。」

波普先生默默的把手伸進口袋，掏出最後一張五百元鈔票交給技工。他知道波普太太一定會很生氣他花了這麼多錢，但是實在沒有別的辦法啊。

技工說：「先生，你贏了。我會幫你裝上把手。我工作的時候，你就坐在那邊那張椅子上，我才看得到你。」

「可以啊。」波普先生坐了下來。

技工正在幫新把手鎖上最後幾個固定的螺絲時，沒想到庫克船長走出房間來到廚房，訝異的看到一個陌生人坐在地上，便用粉桃色的小腳丫踩著無聲的步伐，悄然無聲的走了過來，好奇的啄那個技工。技工受到的驚嚇遠超過庫克船長。

「**嘎！**」也不知道是企鵝還是技工發出了一聲喊叫，而波普先生則是完全搞不清楚發生了什麼事，當他連人帶椅跳了起來，只見工具滿天飛舞，接著是猛力甩上門的一

聲巨響，一回神，技工已消失得無影無蹤。

突然的喧鬧聲當然引得孩子們跑了過來，波普先生展示給他們看改造後的冰箱，現在變得適合給企鵝住了。他也展示給庫克船長看，把牠關在裡面，庫克船長馬上注意到門裡面那個閃亮亮的新把手，像平常一樣好奇的咬咬看。門一打開，庫克船長跳了出來。

波普先生立刻再把庫克船長放進冰箱關上門，好確定牠真的學會開門了。不一會兒，庫克船長已經很熟練的從裡面開門出來，可以開始學習怎麼樣從外面打開門進入冰箱了。

等警察來到波普家後門的時候，庫克船長進出冰箱已經稀鬆平常的像是在裡頭住了一輩子。

6 雞同鴨講

孩子們最先注意到警察的出現。

比爾說：「爸爸，你看，後門來了一個警察。是要來逮捕你的嗎？」

「**咕喀**。」庫克船長威風凜凜的走向門口，試圖用鳥喙啄穿紗門。

「這裡是傲足大道四三二號嗎？」警察問。

「是的。」波普先生回答。

「嗯，我想是這個地方沒錯。」警察指向庫克船長問，「那是你的嗎？」

「對，是我的。」波普先生驕傲的回答。

「你是做哪一行的？」警察的語氣很嚴峻。

「爸爸是藝術家。」珍妮說。

「他的衣服上總是沾滿了油漆和塗料。」比爾說。

波普先生說：「我是油漆工，做室內裝修的。你不打算進來嗎？」

警察說：「不了，除非有必要。」

「哈哈！」比爾說，「警察叔叔是怕庫克船長。」

「**呱！**」庫克船長把紅色的鳥喙張得大大的，彷彿是在嘲笑那個警察。

「牠會說話嗎？」警察問，「這是一隻巨型鸚鵡嗎？」

珍妮回答：「是企鵝。我們養的寵物。」

「呃，如果只是一隻鳥……」警察舉起帽子抓抓頭，一臉困惑，「剛剛那個技工大吼大叫的樣子，害我以為屋裡有隻獅子什麼的。」

比爾說：「媽媽說爸爸有時候頭髮亂得像獅子。」

「別多嘴，比爾。」珍妮說，「警察叔叔才不管爸爸的頭髮看起來怎麼樣呢。」

現在警察開始搔著下巴。「如果只是一隻鳥，我想應該沒什麼關係，只要關在籠子裡面就行了。」

比爾說：「我們把牠養在冰箱裡。」

「養在冰箱裡，可以，隨你們的便。」警察說，「你剛說那是什麼鳥？」

「企鵝。」波普先生回答，「對了，我可能會帶牠出去散散步，這樣可以嗎？如果我用繩子牽著牠的話。」

警察說：「老實告訴你，我不知道市政府對企鵝的規定，或是上街要不要繫繩子什麼的。我會去請示長官。」

「或許我應該申請執照？」波普先生提議。

「這隻鳥確實大到可以申請執照。」警察說，「這樣吧，你打電話到市政府去問清楚關於企鵝的規定。祝你好運啦。老

實說，牠長得滿可愛的啦，人模人樣的。祝你有個愉快的一天，波普先生，也祝你愉快，企鵝先生。」

波普先生打電話向市政府詢問企鵝執照的事時，庫克船長拚命咬電話線，或許牠以為那是新種鰻魚。幸好這個時候波普太太從市場回來，開了一罐蝦子，庫克船長馬上跟了過去，留下波普先生一個人對付電話。

即使如此，波普先生發現，要查清楚養這隻奇特的寵物需不需要執照，還真不是件容易的事。每次他說完詢問事項之後，就會被告知稍等一下，然後等了一段時間之後，又會有另一個人問他想要做什麼……這種情況簡直沒完沒了，最後終於有個人願意聆聽波普先生的困擾，波普先生滿意的對著這個友善的聲音從頭解釋庫克船長的事。

「所以，他到底是商船的船長、漁船的船長，還是海軍的船長呢？」

「都不是，」波普先生說，「牠是一隻企鵝。」

「可以再說一遍嗎？」對方說。

波普先生重複了一遍，對方要波普先生拼音給他聽。

「ㄑㄧˋ，四聲ㄑㄧˋ，企鵝。」波普先生說。

「喔！」對方說，「你是說，庫克船長的名字是紀德？」

「不是紀德，是企鵝。一種鳥。」波普先生說。

電話裡的聲音問：「你是說，庫克船長想要獵鳥的執照？很抱歉，獵鳥季要到十一月才開始。還有，請你咬字發音清楚

一點，托普先生——你是這個名字沒錯吧？」

波普先生提高了音量：「我是波普，不是托普。」

「好的，波塔先生，現在你的聲音清楚多了。」

「那就聽好了，」已經氣到七竅生煙的波普先生咆哮著說，「如果你們市政府的人連企鵝是什麼都搞不清楚，我想你們也不會有關於企鵝執照的規定。就算沒有執照，我也會照樣飼養庫克船長的。」

「請等一下，波威先生，河川湖泊航務局的崔巴頓先生剛進來，我讓你和他親自談談。或許他知道你說的這位紀德・庫克。」

不一會兒，話筒傳來另一個新的聲音：「早安，這裡是汽車牌照管理處。你要申報的車輛和去年是同一輛嗎？如果是，請報上牌照號碼。」

波普先生竟被轉接到監理所去了。

他決定掛上電話。

7 探險與築巢

珍妮和比爾萬分不情願的告別了庫克船長上學去，波普太太在廚房裡忙了起來，洗著拖延到現在還擱置的早餐碗盤。她感覺到企鵝相當頻繁的進出冰箱，但是一開始並不在意。

另一頭的波普先生則放棄了打電話，正忙著刮鬍子打理儀容，畢竟，他現在可是庫克船長這麼棒的鳥兒的主人。

然而，這隻暫時被忽略的企鵝可沒閒著。

因為一下子發生了這麼多不尋常的事，加上必須提早去市場，所以波普太太至今還沒時間收拾房子。她很擅長打理家務，只不過家裡有珍妮和比爾這兩個孩子，加上一個不重視整潔的丈夫，不可否認的，她得勤於打掃收拾。

現在，庫克船長正在幫忙收拾。

牠忙著在每個房間的角落仔仔細細的又扒又戳又啄，用鑲著白圈的眼睛探視每一個櫃子，把圓滾滾的身軀塞進所有家具的底下和後面，不時發出好奇、驚訝或喜悅的低叫聲。

每次一發現似乎是牠要找的東西，庫克船長就用紅色鳥喙的黑色尖端拾起來，用寬寬的粉桃色雙腳邁開得意洋洋的步伐，一搖一擺的走進廚房的冰箱裡。

最後，波普太太總算開始納悶，這隻忙碌的鳥兒到底在幹什麼。等她探頭一看，連忙大叫要波普先生趕快來，看看庫克船長做了什麼好事。

打扮得相當體面的波普先生（當然，波普太太後來才注意到這一點）來到太太身邊，和她一起訝異的盯著冰箱裡頭。

庫克船長也過來湊一腳，幫他們看得更清楚，還發出**嘎，嘎，嘎**的歡呼。

看到庫克船長在家中四處探險的成果，波普太太忍不住笑了起來，波普先生則是倒抽一口氣。

兩捲線軸、一枚白色的西洋跳棋、六片拼圖……一根茶匙和一盒火柴……一根小蘿蔔、兩枚一分錢硬幣和一枚鎳幣，還有一個高爾夫球。兩根鉛筆頭、一張摺凹了的紙牌、一個小菸灰缸。

五根髮夾、一顆橄欖、兩張骨牌、一隻短襪……一把指甲銼刀、四個大小不同的扣子、一枚公共電話代幣、七顆彈珠、一張迷你娃娃椅……

五枚西洋跳棋、一小塊全麥餅乾、一只古印度棋戲用的塑膠杯子、一塊橡皮擦……一把不知哪扇門的鑰匙、一個裙鉤、一小片皺皺的錫箔紙……半顆放了很久的檸檬、一個瓷娃娃的頭、波普先生的菸斗和一個薑汁汽水的瓶蓋……一個墨水瓶瓶塞、兩顆螺絲、一個皮帶扣……

六顆從珍妮的項鍊掉下來的珠子、五塊積木、一個織襪子用的蛋形支撐墊、一根骨頭、一把小口琴、一根舔過的棒棒糖，還有兩個牙膏蓋子及一本紅色小筆記本。

波普先生說：「我猜這就是所謂的繁殖巢，只不過庫克船長找不到石頭來築巢。」

波普太太說：「好吧，這些企鵝在南極搞些什麼我不知道，但是我得說，這隻企鵝應該會成為家裡的好幫手。」

「**嘎！**」庫克船長抬頭挺胸、神氣十足的走進客廳，撞倒了最好的一盞檯燈。

波普太太說：「我想呢，爸爸，你最好帶庫克船長到外面活動一下。啊呀，你怎麼穿得這麼體面隆重，看起來簡直就像一隻企鵝。」

波普先生已經梳順了頭髮，還刮過鬍子，這下波普太太再也不能數落他像隻粗暴蓬亂的獅子。他穿上了白襯衫，繫上白領帶，搭配白色法蘭絨長褲，腳上是一雙發亮的紅棕色皮鞋。他找出了收藏在香柏木箱子裡的黑色燕尾晚禮服，那是他結婚時穿的，仔細刷過之後套上身。

波普先生這身打扮確實有點像隻企鵝。他轉過身，用企鵝趾高氣揚的邁步方式走給波普太太看。

但他可沒有忘記自己對庫克船長的責任。

波普先生問太太：「可以給我一條晒衣繩嗎？差不多兩、三公尺長。」

8 大企鵝與小企鵝

波普先生很快就發現，帶一隻企鵝出門散步沒有想像中那麼容易。

一開始庫克船長百般不願綁上牽繩，然而波普先生十分堅持。他把晒衣繩的一端綁在企鵝又粗又短的脖子上，另一端綁在自己的手腕上。

「**嘎！**」庫克船長發出氣憤的叫聲。但牠是一隻很講道理的鳥，當牠發現抗議沒什麼好處時，就恢復了平常氣派的姿態，任由波普先生牽著牠。

波普先生戴上自己最好的圓頂禮帽，打開前門，庫克船長搖搖擺擺、儀態優雅的跟在旁邊。

「**呱。**」庫克船長停在門廊的邊緣，往下看著台階。

波普先生把晒衣繩放得很長，讓庫克船長有相當充足的活動範圍。

「**咕喀！**」庫克船長舉起雙翅，英勇的向前傾倒，肚子貼地，像滑雪橇那樣滑下台階。

波普先生跟著下台階，不過當然不是用滑的。庫克船長很快便重新站了起來，昂首闊步，領著波普先生走上街道；一面轉頭東張西望，一面對眼前陌生的景象發出滿意的評論。

波普家的鄰居卡拉漢太太沿著傲足大道走來，她雙手抱著滿滿的食品雜貨，看到庫克船長和波普先生的時候驚訝得目瞪口呆。穿著黑色燕尾服的波普先生本人看起來就像是一隻超大企鵝。

「我的老天爺啊！」卡拉漢太太突然發出驚叫，因為庫克船長開始好奇的研究她露出在洋裝底下的那雙條紋長襪。她打量著庫克船長說：「這不是貓頭鷹，也不是鵝啊。」

「的確不是。」波普先生微微舉起禮帽致意，「卡拉漢太太，這是一隻南極企鵝。」

「離我遠一點！」卡拉漢太太對庫克船長說完，又問道，

「你剛剛說這是藍吉鵝？」

「不是藍吉鵝啦！」波普先生解釋：「是南極企鵝，從南極送來給我的。」

卡拉漢太太說：「立刻把你的南極鵝帶開！」

波普先生連忙使勁拉回晒衣繩，庫克船長離開前，又啄了卡拉漢太太的條紋襪

最後一下。

「老天保佑！」卡拉漢太太說，「我得立刻去探望一下波普太太。真是不敢相信。我要走了。」

「我也是……」波普先生一面說，一面不由自主的被庫克船長拖著往前走。

接下來，他們停在傲足大道和主街交口的藥房前面，庫克船長不肯離開，目不轉睛的觀賞櫥窗裡頭展示的東西，裡面有幾包開封的閃亮白色硼砂，庫克船長顯然誤以為那是極地的冰雪，開始對著櫥窗猛啄。

這時，忽然有輛汽車一個急轉彎，在尖銳的煞車聲中停靠在附近的路旁，兩個年輕人跳下車，其中一個人帶著相機。

「這一定就是了。」第一個年輕人對同伴說。

「是他們，沒錯。」第二個年輕人立刻接話。

攝影師在人行道上架起三腳架，此時已經有一小群人聚集，甚至有兩個穿白袍的人從藥房裡走出來觀看。不過庫克船長的全副注意力還是放在櫥窗裡的展示品，不肯轉過身來。

「你是住在傲足大道四三二號的波普先生，對吧？」第二個年輕人問道，從口袋掏出筆記本。

「對。」波普先生突然意識到，這是報社的人要來採訪拍照。可想而知，這兩個年輕人準是從警察那兒聽說了「怪鳥」的事，正在前往波普家採訪的路上，就遇到了庫克船長。

攝影師喊道：「嘿，鵜鶘，快轉過來，這裡有隻漂亮的鳥小姐喔。」

「那不是鵜鶘。」年輕記者說，「鵜鶘的鳥喙上有囊袋。」

「我看應該是度度鳥，只不過度度鳥已經絕種了。這張照片效果會很棒，只要我能讓那個小妞轉過頭來看鏡頭。」

「這是一隻企鵝。」波普先生自豪的解釋，「牠名叫庫克船長。」

「**咕喀！**」庫克船長發現大家在談論牠，便轉過身來，一看到三腳架，馬上靠過來仔細查看。

攝影師說：「說不定牠以為這是三隻腳的鶴鳥。」

「你的這隻鳥——」記者問，「是公的還是母的？民眾會很好奇。」

波普先生猶豫了一下說：「唔……我叫牠庫克船長。」

此刻，庫克船長像個好奇寶寶，開始繞著三腳架走了一圈又一圈，直到牠身上的晒衣繩把企鵝、波普先生和三腳架纏在一起。最後，在路人的建議下，波普先生繞著三腳架反方向走了三圈，才終於解開這團混亂。這下子庫克船長總算在波普先生身旁站定，同意擺好姿勢拍照。

波普先生撫平領帶，攝影師按下快門。庫克船長剛好閉上了眼睛，後來牠就以這副模樣出現在所有報導當中。

記者說：「最後一個問題：你是從哪兒獲得這隻奇特罕見的寵物？」

「是南極探險家德雷克司令送給我的禮物。」

「好的。」記者說，「總而言之，這是個大新聞。」

兩個年輕人跳上車，波普先生和庫克船長繼續散步，身後簇擁著一票人，七嘴八舌的提出各種問題。人群越聚越多，波普先生只好領著庫克船長躲進一家理髮店。

這家理髮店的老闆是波普先生很要好的朋友——至少到目前為止是這樣。

9 理髮店驚魂

理髮店裡頭很安靜，理髮師正在為一個上了年紀的紳士刮鬍子。

庫克船長深受眼前的景象吸引，為了看得更清楚，逕自跳上了鏡台。

「晚安！」理髮師說。

坐在理髮椅上的紳士臉上已經塗抹白色的刮鬍泡沫，微微抬起頭來看看發生了什麼事。

「**咕喀！**」庫克船長拍拍鰭狀的翅膀，伸出長長的鳥喙想去碰觸紳士臉上的白色泡沫。

紳士大喊一聲，從原本躺靠的理髮椅上一躍而起，跳離椅子奪門而出，連外套和帽子都來不及拿。

庫克船長叫了一聲：「**呱！**」

理髮師對波普先生說：「嘿，快把那個怪物弄出我的店。這裡可不是動物園。搞什麼飛機啊？」

「我可以帶牠從後門出去嗎？」波普先生問。

理髮師回答：「隨便哪個門都可以，越快越好。牠快把我的梳子咬爛了。」

波普先生抱著庫克船長，在「**咕喀？**」、「**呱！**」、「**嘎！**」的叫聲中，穿過理髮店後面的房間，從後門跑到外面的巷子。在這裡，庫克船長生平第一次見到直通頂樓的逃生梯。

波普先生發現，只要讓企鵝看到了往上的樓梯，就絕不可能阻止牠爬上去。

「好吧，」波普先生跟在庫克船長後面邊爬樓梯邊喘著氣說，「我想呢，身為一隻鳥，而且是隻不會飛的鳥，為了能夠升空，才這麼喜歡爬樓梯。呼，還好這棟樓只有三層。來吧，讓我們看看你的能耐。」

庫克船長十分緩慢，但不屈不撓的一步一步抬起粉桃色的腳，一階一階往上爬。波普先生跟在後頭，小心翼翼的牽著晒衣繩的另一端。

終於，他們來到了樓梯頂端的平台。

「怎麼樣啊？」波普先生問庫克船長。

庫克船長發現沒有階梯可以繼續往上爬，於是轉過身，俯瞰一路往下的階梯。

接著，牠舉起雙翅往前撲倒。

還沒來得及喘過氣的波普先生根本沒料到這隻意志堅定的企鵝會二話不說就往下跳，他真不應該忘記，只要有機會，企鵝隨時隨地就愛往下滑。

而且波普先生還把晒衣繩的一端繫在自己手腕上，實在是太不聰明了。

這下好啦，波普先生發現自己突然開始往下溜，穿著白襯衫的肚皮貼著地面，一路滑下了三層樓的階梯，讓搶在波普先生前面高高興興滑下來的企鵝看了更是大樂。

好不容易滑到底，庫克船長又一心想要回頭往上爬，波普先生只好攔下一輛計程車，把企鵝帶開。

波普先生對計程車司機說：「請到傲足大道四三二號。」

司機始終保持禮貌，直到收下車資前，都沒嘲笑這一對怪異的搭檔。

「喔，天啊！」波普太太開門見到丈夫時忍不住驚叫，「你帶著企鵝出門時，看

起來多麼體面帥氣啊。現在呢，看看你的樣子，全身上下弄得亂糟糟的！」

波普先生摸摸鼻子，悻悻然的說：「親愛的，對不起，但是你永遠說不準一隻企鵝下一秒會做什麼事。」

然後波普先生就進房間去躺了下來，這一連串不尋常的活動可把他給累壞了。庫克船長則是已經沖過澡，回到冰箱裡打起盹來了。

10 愁雲慘霧

第二天，波普先生和庫克船長的照片登上了靜水鎮的《紀事晨報》，底下的報導說明這個油漆工收到德雷克司令從遙遠的南極空運快遞來的一隻企鵝。而後美聯社相中了這則報導，很快的，這張照片及相關報導便被轉登在全美國所有大城市各大報紙的週日版。

波普一家自然感到既開心又驕傲。

可是庫克船長自己並不開心。牠不再踩著歡快的小碎步在屋內四處探索尋寶，一整天大部分的時間都悶悶不樂的窩在冰箱裡。由於波普太太拿走了那些古怪的東西，只留下彈珠和西洋跳棋，所以庫克船長的小窩巢看起來清爽整潔多了。

比爾說：「牠不肯和我們玩了。我想從冰箱那兒拿一些彈珠回來，牠竟然要咬我。」

珍妮說：「庫克船長真調皮。」

波普太太說：「最好別去吵牠，孩子們。我猜這隻鳥兒心情不好。」

但事態很快明朗，庫克船長的問題不僅是「心情不好」。牠成天窩在冰箱裡，用鑲著白圈的小眼睛憂愁的向外凝視，皮

毛也失去了光澤，圓滾滾的小肚子一天天消瘦下去。

現在就連波普太太想要餵庫克船長吃蝦子罐頭，牠也會別過頭去。

某天傍晚，波普太太替庫克船長量體溫——攝氏四十度。

波普太太說：「哎呀，爸爸，你最好請獸醫來。庫克船長恐怕生病了。」

獸醫來看了以後只是搖頭。他是一位經驗豐富的獸醫，雖然從來沒照顧過企鵝，但是醫治鳥類的經驗讓他足以一眼看出，這隻鳥確實病得很重。

「我會開一些藥丸，每個小時讓企鵝吃一次。你們可以試著餵牠吃一些水果冰沙，還要敷冰袋降溫。但是我不敢給你們什麼保證，恐怕情況並不樂觀。你們應該知道，這種鳥本來就不適合這裡的氣候。看得出來你們很用心，把牠照顧得很好，但是南極企鵝在靜水鎮是活不下去的。」

那天晚上波普全家整晚沒睡，輪流幫庫克船長換冰袋。

一點用都沒有。隔天早上波普太太又量了一次庫克船長的體溫，升高到四十度半了。

每個人都很關心這件事。《紀事晨報》的記者前來詢問企鵝的病況，鄰居們帶來各式各樣的清湯和果凍等食物，希望能勾起這個小傢伙的食欲。甚至連一直對庫克船長沒什麼好感的卡拉漢太太，都特地為牠做了美味可口的蛋奶凍。這些全都沒效。庫克船長病得實在太重了。

現在庫克船長整天昏睡，所有人都說大概拖不久了。

經過這段時間的相處，波普一家人已經深深喜歡上這個既逗趣又正經八百的小傢伙。波普先生害怕得心臟都要結冰了，萬一庫克船長離開他們，生活將會變得無比空虛。

一定有人知道該怎麼治療生病的企鵝。波普先生真希望有辦法請教德雷克司令，但他人在南極，遠水救不了近火啊。

在絕望中，波普先生想到一個主意——之前的一封信帶來了庫克船長，他決定坐下來再寫一封信。

這封信的收件人是史密斯博士，也就是全世界最大的水族館——猛瑪市大水族館的館長。如果說世界上有人知道該怎麼醫治垂死的企鵝，這個人一定是史密斯博士。

兩天後館長回信了，信中寫道：

很遺憾，要治療生病的企鵝並不容易。我們館裡也有一隻南極來的母企鵝。儘管我們用盡一切方法，牠還是一天比一天更虛弱。最近我在想，會不會是因為寂寞的緣故？說不定府上的庫克船長就是因為寂寞而生病。我決定把我們的企鵝送給你，試試看兩隻企鵝在一起會不會變好。

於是，葛蕾塔就這樣來到了傲足大道四三二號。

11 葛蕾塔報到

結果呢，庫克船長總算保住一命。

現在有兩隻企鵝在冰箱裡，一隻站著，一隻坐在製冰盒下方的窩巢裡，閉著眼睛睡覺。

波普太太說：「牠們好像一對雙胞胎。」

波普先生說：「應該說是雙胞企鵝吧。」

「是啊，但是哪一隻是哪一隻啊？」

就在這時，站著的企鵝跳出冰箱，又探頭從坐著睡覺的企鵝肚子下面叼出一枚西洋跳棋，把棋子放在波普先生的腳邊。

「你看，媽媽，牠在謝謝我呢。」波普先生一邊輕拍著企鵝一邊說，「在南極，企鵝就是用這種方式表達善意，只不過用的是石頭而不是棋子。這隻一定是庫克船長，牠說牠很感謝我們找了葛蕾塔來，救了牠的命。」

「嗯，但是我們要怎麼分辨這兩個小傢伙呢？實在是太難認了。」

「我去地下室拿一些白色油漆，把牠們的名字漆在黑烏烏的背上。」

波普先生打開地下室的門往下走，沒想到跟在後面的庫克

船長縱身一躍往下滑，害波普先生差點絆倒。等到波普先生走上來的時候，手裡拿著一把刷子和一個小油漆罐，企鵝的背上則是多了**庫克**兩個白色大字。

「**咕喀！**」庫克船長驕傲的對冰箱裡的企鵝同伴展示背上的名字。

「**呱！**」坐著的企鵝愉快的回話，然後在窩巢裡扭動著轉過身來，把背轉向波普先生。

波普先生在冰箱前的地板上坐了下來，庫克船長在一旁看著，先用一邊的眼睛看，再用另一邊的眼睛看。

波普太太問：「你要叫新企鵝什麼名字？」

「葛蕾塔。」

波普太太說：「嗯，這是個好名字，牠看起來也挺乖的。但是牠們兩個擠爆了冰箱，而且很快就會生蛋，接下來冰箱就不夠住了。還有啊，你還沒告訴我食物要冰在哪裡。」

「我統統都會處理，親愛的。」波普先生保證，「現在是十月中旬，已經相當冷了，很快的，外面就會降到適合庫克船長和葛蕾塔的溫度。」

「是啊，」波普太太說，「但是如果你把企鵝養在房子外面，牠們可能會跑掉。」

波普先生說：「媽媽，今天晚上你把食物放回冰箱，我們讓葛蕾塔和庫克船長睡在屋子裡。庫克船長可以把牠們的巢搬到另一個房間，然後我會打開所有的窗戶，整晚讓窗戶一直開著，這兩隻企鵝就會覺得很舒服了。」

波普太太說：「沒錯，牠們一定會覺得很舒服，但是我們怎麼辦呢？」

「我們可以在屋裡穿上厚外套，戴上帽子。」波普先生邊說邊起身去打開所有的窗戶。

「天氣確實變冷了。」波普太太打著噴嚏說。

接下來幾天變得更冷，不過波普全家很快就習慣了在屋裡穿著厚外套。葛蕾塔和庫克船長總是占據最靠近窗邊的椅子。

十一月初的某個晚上颳起大風雪，早上波普一家起床的時候，屋裡到處都積滿了厚厚的雪堆。

波普太太連忙去拿掃把，還叫波普先生用雪鏟把積雪清

掉，但是兩隻企鵝在雪堆裡玩得興高采烈，所以波普先生堅持要維持現況。

事實上，那天晚上波普先生甚至跑到地下室拿出花園用的舊水管，往地板上灑水，直到積水深達兩、三公分。到了隔天早上，波普家整片地板結了一層平滑的冰，敞開的窗台邊還堆積著隨風吹進來的雪花。

這個「冰的世界」讓庫克船長和葛蕾塔樂壞了。牠們爬上客廳一角的雪堆，爭先恐後的跑下來衝到冰上，一直衝到速度太快

失去平衡，一個踉蹌撲倒在地，然後用白白的肚子在滑溜的冰面上滑行。

珍妮和比爾看了樂不可支，也加入了企鵝的陣容，穿著外套用肚子在冰上滑，企鵝一看更是樂翻天。

波普先生把客廳裡的所有家具移到一邊，好讓企鵝和孩子們有充足的空間滑行。起初家具難以搬動，因為椅腳都被凍在冰裡了。

到了下午氣溫上升，冰開始融化。波普太太說：「爸爸，現在你真的得處理一下，不能再這樣下去了。」

「但是庫克船長和葛蕾塔都變得健康又強壯，孩子們也氣色紅潤。」

「或許孩子們和企鵝是很健康，」波普太太邊清理積水邊說，「但是我們家變得非常髒亂。」

「明天我會想想辦法的。」波普先生搔了搔頭。

12 嗷嗷待哺

第二天，波普先生找來了一個技工，在地下室安裝大型冷凍設備，然後讓庫克船長和葛蕾塔搬到地下室去，接著又把地下室的暖氣爐搬到樓上的客廳。雖然龐大笨重的暖氣爐放在客廳看起來很怪，但是正如同波普太太所說的，至少不用一整天穿著厚外套，讓人鬆了口氣。

想到做這些改變要花多少錢，讓波普先生十分煩惱。幫他們安裝冷凍設備的技工也很煩惱，因為他發現波普先生根本沒辦法支付工錢。不過波普先生保證會儘快付錢，技工只好讓他全額賒帳。

幸好波普先生及時讓企鵝移了窩，因為波普太太對於蛋的預測是對的——企鵝的窩巢才剛搬到地下室，葛蕾塔就生下了第一顆蛋。三天後出現了第二顆蛋。

波普先生知道，企鵝在每個繁殖季只會生兩顆蛋，所以過了幾天，當葛蕾塔腳下出現第三顆蛋時，波普先生簡直不敢相信自己的眼睛。不知道是不是因為氣候的改變，才使得企鵝的繁殖習性也跟著改變，但是每三天就增加一顆蛋的情況，一直持續到總共生了十顆蛋。

由於企鵝蛋體積龐大，母企鵝一次只能孵兩顆蛋，這麼多蛋就成了個大問題。不過波普先生想出了解決辦法——他把熱水瓶和電熱敷墊設定為企鵝的體溫，幫忙孵其他的蛋。

剛孵出來的小企鵝不像爸爸媽媽那麼漂亮，個頭很嬌小，毛茸茸的，看起來有些滑稽，但生長速度相當驚人。庫克船長和葛蕾塔忙著餵食這些小傢伙，當然啦，波普一家人也沒袖手旁觀，個個成了保母。

對於愛讀書也讀了很多書的波普先生來說，要幫這些企鵝寶寶取名字不是什麼難事，牠們分別是尼爾森、哥倫布、露易莎、潔妮、史考特、麥哲倫、阿德琳娜、伊莎貝拉、斐迪南、維多莉亞。話雖如此，波普先生還是很慶幸，要取的名字沒超過十個。

波普太太也認為，這麼多的企鵝對任何人來說都應該足夠了，雖然說真的，這一窩企鵝對她管理家務並沒有造成太大影響——只要波普先生和孩子們記得關上廚房裡那扇通往地下室的門。

企鵝們全都熱愛沿著通往廚房的階梯往上爬，除非把門關上，否則牠們會一直往前不知道走到哪裡去。一旦關上了門，當然啦，牠們爬到頂端就會轉身滑下去。所以呢，波普太太在廚房工作時，有時候會聽到奇奇怪怪的聲響，但她早已見怪不怪了，就像她習慣了這個冬天家裡發生的其他許多光怪陸離的事情。

波普先生為企鵝在地下室裝設的冷凍設備體積龐大，效果很好，可以製造出大冰塊，而不是冰箱的那種小冰塊。所以不久之後，波普先生就為十二隻企鵝蓋了一棟冰城堡，讓牠們可以窩在裡頭或爬上去玩耍。

波普先生還在地下室挖了一個大洞造出池子，好讓企鵝隨時可以跳水游泳。波普先生不時會丟活魚到池塘裡，供企鵝潛水抓魚。這是一個很棒的點子，因為老實說，企鵝們對蝦子罐頭已經有點膩了。這些活魚是特別訂購的，裝在玻璃水箱，從海岸一路專車運送到傲足大道四三二號。很不幸的，價格自然相當昂貴。

有這麼多隻企鵝的一項樂趣是，如果兩隻企鵝（通常是尼爾森和哥倫布）打起架來，用鰭狀的翅膀互相拍打攻擊對方，其他十隻企鵝會圍成一圈旁觀，還一邊發出加油打氣的吶喊，構成一幅趣味十足的畫面。

波普先生還在地下室的一邊地板灌水，做成溜冰場，企鵝們常在溜冰場上進行操練，像是一支迷你軍隊，在冰上列隊繞圈子，雄赳赳氣昂昂的遊行。其中，露易莎似乎特別喜歡領隊行進，波普先生便讓牠在嘴裡銜著一面小小的美國國旗，威風的領著這支莊嚴的隊伍邁步前進，讓人嘖嘖稱奇。

珍妮和比爾放學後常帶小朋友回家，所有人一起到地下室看企鵝，一看就是好幾個鐘頭。

到了晚上，波普先生不再像從前那樣坐在客廳抽菸斗看書，而是穿上外套，帶著書到地下室，坐在那裡看書。他戴著厚手套，不時抬起目光，看看他的寵物們在做些什麼。他常常想到，這些小傢伙原本屬於那個遙遠而寒冷的區域。

他也常常想到，在這些企鵝突然出現並徹底占據他的生活之前，日子是多麼的不同！現在是一月，波普先生已經開始害怕想到春天，到時候他必須離開牠們一整天，重新開始油漆房屋的工作。

13 企鵝特訓班

有一天晚上，孩子們上床睡覺以後，波普太太攔住了正要去地下室的波普先生。

波普太太說：「爸爸，我得跟你談一談。過來這邊坐下。」

波普先生說：「好啊。親愛的，你想說什麼？」

波普太太嘆了一口氣：「爸爸，我很高興看到你這個假期過得這麼開心。我必須說，你整天待在地下室讓我更容易保持家裡的整潔。但是爸爸，錢的問題怎麼辦？」

「有什麼困難嗎？」波普先生問。

「唉，當然啦，那些企鵝要吃飯，你知不知道買那麼多活魚要多少錢？我真不知道要怎麼樣才能付清這筆帳。還有那個幫忙在地下室裝冷凍設備的技工，他常常來按門鈴討債。」

「我們的錢都花光了嗎？」波普先生輕聲問道。

「幾乎都花光了。當然啦，等到全部光花，說不定我們可以吃那十二隻企鵝撐上一陣子。」

波普先生說：「喔，不會吧，媽媽。你不是認真的吧？」

「唔，我想我沒辦法吃得很開心，尤其是葛蕾塔和伊莎貝拉。」波普太太說。

「那樣的話，孩子們也會很傷心的。」波普先生說。他坐在那兒沉思了好一會兒。

最後波普先生開口說：「我有個主意，媽媽。」

「或許我們可以把企鵝賣掉，就可以賺到一點生活費了。」波普太太說。

波普先生說：「不，我有個更好的主意。我們要留著那些企鵝。媽媽，你聽過會表演的海獅吧？就是那些受過訓練、在劇場演出的海獅。」

「我當然聽過。」波普太太回答，「不只聽過，我還看過呢。那些海獅會用鼻子頂球。」

波普先生說：「沒錯。要是狗和海獅可以訓練，為什麼不能訓練企鵝呢？」

「嗯，你說的好像有道理，爸爸。」

「當然有道理。而且你可以幫我訓練這些企鵝。」

第二天，他們把鋼琴搬到地下室，放在溜冰場的一側。波普太太自從和波普先生結婚後，就沒彈過鋼琴了，但是稍加練習一番，她很快就回想起一些已經遺忘了的曲子。

波普先生說：「這些企鵝最愛做的事，就是像軍隊一樣演習行軍、圍觀尼爾森和哥倫布打來打去，還有爬上階梯再滑下來。我們可以把這三套表演設計成一個節目。」

「幸好牠們不需要訂做什麼服裝。」波普太太看著企鵝那胖嘟嘟又引人發噱的小小身軀說，「因為牠們已經有現成的漂亮表演服了。」

於是波普太太挑了三首鋼琴曲，每一首搭配一幕表演。企鵝們很快學會了一聽到音樂就知道該做什麼。

要讓企鵝像閱兵那樣列隊前進時，波普太太就彈奏舒伯特的《軍隊進行曲》。

要讓尼爾森和哥倫布舉起翅膀互相打來打去時，波普太太彈奏的是《風流寡婦圓舞曲》。

要讓企鵝們爬階梯和溜滑梯時，珍妮和比爾就會拖出波普先生裝修房屋時用的兩把摺梯和一塊木板，架設在溜冰場正中央，接著波普太太會彈奏《小溪邊》這首如詩如畫的優美曲子。

不用說，地下室非常冷，所以波普太太必須學著戴厚厚的手套彈琴。

到了一月底，波普先生相信這些企鵝已經做好準備，可以在全國任何一家劇院登台演出。

14 劇院面試

「你看，」某天早上波普先生在早餐時對太太說，「《紀事晨報》上面說，皇宮劇院老闆葛林邦先生到城裡來了。他在全國到處都有劇院，我們最好去找他談談。」

那一天是一月二十九日星期六，晚上波普全家和十二隻受過訓練的企鵝踏出家門前往皇宮劇院，其中兩隻企鵝嘴裡還銜著美國國旗。

這些企鵝現在紀律良好，所以波普先生認為不需要用牽繩綁著牠們。只見這群企鵝整整齊齊的列隊邁步走向公車站，順序如下：

波普先生
葛蕾塔、庫克船長
哥倫布、維多莉亞
波普太太
尼爾森、潔妮
麥哲倫、阿德琳娜
比爾・波普、珍妮・波普

史考特、伊莎貝拉
斐迪南、露易莎

公車在街角停下，目瞪口呆的司機還來不及抗議，波普家所有人和企鵝都已經上了車，車子再次上路。

波普先生問：「企鵝是要買半票呢，還是免費？」

比爾說：「珍妮是半票，但是我已經十歲了。」

「安靜點。」波普太太領著孩子找座位，企鵝們乖乖跟在後面。

司機問：「我說先生，你們這麼大的陣仗是要去哪裡啊？」

波普先生回答：「進城去。好啦，車資就算五塊錢吧，就這麼說定了。」

「說實話，牠們走過去的時候我忘了算算看有幾隻。」

波普先生補上一句：「這些是受過訓練的企鵝。」

司機問：「那是活的嗎？是真的企鵝嗎？」

「喔，是啊。」波普先生說，「我要帶牠們進城去皇宮劇院面試。」

司機說：「好吧，如果有人抱怨，牠們就得馬上下車。」

「沒問題。」波普先生原本想提出要求，如果被趕下車要提供轉乘優惠，但想想還是算了。

企鵝們非常守規矩，安安靜靜的兩隻坐在一個座位上，其他乘客好奇的探頭打量。

波普先生對車上的乘客說：「抱歉，我必須打開所有窗戶。這些企鵝是從南極來的，牠們很怕熱。」

打開所有窗戶可花了波普先生好一番工夫，因為窗戶卡得很緊。等到他完成這項任務，其他乘客開始議論紛紛，很多人向司機抱怨，於是司機要求波普先生帶著所有企鵝下車。

司機催促了好幾次，最後索性停下車嚴正聲明，除非波普先生下車，否則他不會再往前開。不過到了這個時候，車子早已開進城區，所以波普一家並不介意下車走路。

就在前方的路口，皇宮劇院的招牌閃爍著。

「哈囉。」劇院經理招呼著，波普一家和企鵝列隊經過他身旁。「葛林邦先生在我的辦公室裡。你知道嗎，我早就聽說過你這些鳥，但是我一直半信半疑。葛林邦先生，這些是**波普的企鵝**。我先到後台去了。」

此刻企鵝們很有秩序的站成兩排，一排六隻，正好奇的打量葛林邦先生，二十四隻鑲著白圈的眼睛看起來莊嚴肅穆。

葛林邦先生說：「你們這些圍在門邊的人，全都回去做自己該做的事。這是祕密會談。」他站起身關上了門。

波普一家坐了下來，葛林邦先生則是走來走去仔細查看這兩排企鵝。

葛林邦先生說：「看起來像是個劇團。」

「喔，確實是個劇團沒錯。」波普先生說，「**波普企鵝秀，南極直送，首次登台，鐵定轟動。**」波普先生和太太早已想好了宣傳台詞。

葛林邦先生問：「我有個點子，何不把這個劇團叫作『波普的粉紅腳趾企鵝』？」

波普先生想了一下，說：「不行，聽起來像是女童合唱團或芭蕾舞團。我這些企鵝可是很正經嚴肅的，我不認為牠們會喜歡這個名字。」

「好吧。」葛林邦先生說，「表演給我看吧。」

珍妮說：「要有音樂。由我媽媽彈鋼琴。」

「是這樣嗎，波普太太？」葛林邦先生問。

「是的，先生。」波普太太回答。

葛林邦先生說：「後面就有一台鋼琴，你可以開始彈了。我要看看你們的表演，如果表演得好，你們這些人可是來對地方了，從東岸到西岸都有我的劇院。但是總之先來看這些企鵝有多少本領。準備好了嗎？」

比爾說：「最好先移開家具。」

15 登台演出

就在這個時候，門突然打開，劇院經理咳聲嘆氣的走了進來，打斷了他們。

葛林邦先生問：「怎麼回事？」

「負責表演最後一個節目的神奇馬可仕沒來，觀眾正吵著要退錢。」

葛林邦先生問：「你打算怎麼辦？」

「也只能退錢給他們了。這可是星期六晚上，本來是一整個星期生意最好的一場。我真不敢去想會損失多少錢。」

這時，波普太太說：「我有個主意。說不定你不用賠錢。既然已經是最後一個節目，何不乾脆讓這些企鵝到真正的舞台上去練習？這樣我們可以有更寬敞的表演空間，我想觀眾也會喜歡的。」

「也好，」劇院經理說，「那就試試看吧。」

所以企鵝們的第一次排演就是在真正的舞台上。

劇院經理走到台上，舉起一隻手說：「各位女士、各位先生，謝謝大家的耐心等候，接下來我們要推出一檔嶄新的試演節目。由於神奇馬可仕因故無法上場表演，我們推出另一個同樣精采的節目，而且是獨家首演，也就是『波普企鵝秀』。請慢慢觀賞，謝謝各位。」

波普一家和企鵝們抬頭挺胸走上舞台，波普太太在鋼琴前面坐下。

劇院經理問：「你彈琴的時候不用把手套脫掉嗎？」

「喔，不用。」波普太太回答，「我很習慣戴著手套彈琴，要是你不介意的話，我就這樣彈了。」

接著她開始彈奏舒伯特的《軍隊進行曲》，而企鵝們也精神抖擻的表演閱兵，精準的轉向和變化隊形，直到波普太太彈奏結束。

在場觀眾熱烈鼓掌。

波普太太半是對著劇院經理半是對著觀眾解釋：「後面本來還有一段表演，企鵝會排成方形前進。現在太晚了，我們就先跳過這一段，直接進入第二個節目。」

劇院經理問：「你確定不要把手套脫掉嗎，女士？」

波普太太微笑著搖搖頭，開始彈奏《風流寡婦圓舞曲》。

在悠揚的旋律中，十隻企鵝排成半圓形，觀看被圍在中間的尼爾森和哥倫布打擂台賽。兩隻企鵝把黑色的小圓頭使勁往後傾，這樣才能同時用兩隻白色的圓眼睛打量對方。

「**咕喀！**」尼爾森先發動攻勢，用右翅在哥倫布的肚子上揍了一拳，然後試圖用左翅把牠推倒。

「**呱！**」哥倫布使出擒抱，頭掛在尼爾森的肩膀上，想要攻擊牠的後背。

「嘿！不公平！」劇院經理喊道。哥倫布和尼爾森聞聲分了開來，旁觀的其他十隻企鵝則用鰭狀翅拍起手來。

現在哥倫布和尼爾森的動作比較斯文客氣了些，直到尼爾森打中哥倫布的眼睛，哥倫布大喊一聲：「**嘎！**」同時向後退了幾步。其他企鵝開始拍手，觀眾也鼓掌叫好。波普太太彈完曲子時，兩隻企鵝停止打鬥，垂下翅膀面對面站著不動。

「誰贏了？」觀眾吶喊著。

「**咕喀！**」圍成半圓的十隻企鵝齊聲喊叫。

牠們說的想必是企鵝話的「**看！**」，因為尼爾森轉頭看向同伴，而哥倫布立刻用一邊翅膀猛擊尼爾森的肚子，再用另一

邊翅膀把牠摺倒。尼爾森倒在地上，閉上眼睛。哥倫布俯瞰著癱倒在地的尼爾森數到十，其他十隻企鵝再次鼓起掌來。

珍妮向觀眾說明：「這是表演的一部分。其他企鵝都希望哥倫布贏，所以結束的時候牠們會一起喊『**咕喀！**』，尼爾森聽到了總是會回頭張望，這樣哥倫布就可以趁機偷襲了。」

這個時候尼爾森爬了起來，所有企鵝排成一列，向劇院經理鞠躬。

「謝謝你們。」劇院經理也向企鵝鞠躬回禮。

「接下來是第三段表演。」波普先生說。

波普太太說：「哎呀，爸爸，你忘記帶那兩把油漆梯和木板了！」

「沒關係，我讓工作人員去拿來。」劇院經理說。

工作人員很快拿來了兩把梯子和一塊木板，波普先生和孩子們指點工作人員把木板架在兩把梯子頂端。然後波普太太彈起了那首優美如畫的《小溪邊》。

每次進行到這一段表演，企鵝們老是興奮過頭，忘了秩序和規矩。牠們互相推擠，搶著要第一個爬上梯子。不過孩子們告訴波普先生，企鵝們推來撞去、爭先恐後的模樣，反而使表演變得更活潑有趣。波普先生接受了他們的意見。

現在，企鵝們在不絕於耳的尖銳叫聲中爭著爬上梯子，在混亂騷動中跑過木板，不時因為互相推擠而被撞下木板掉到地上；好不容易跑到木板另一端的企鵝，還會在縱身一躍往下滑

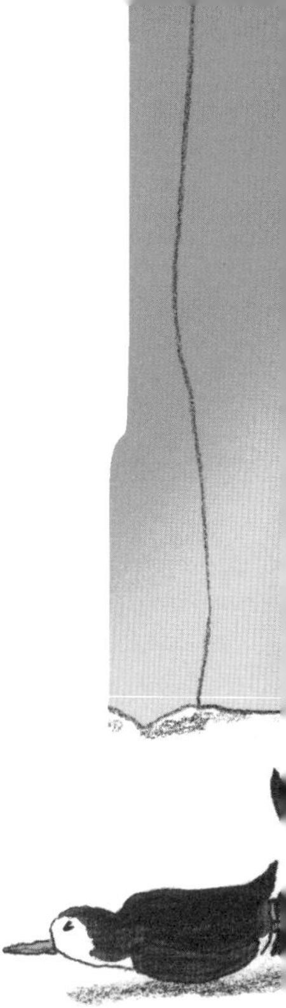

的時候，撞翻想要從這一頭的梯子往上爬的企鵝。

儘管波普太太彈奏著優美的樂曲，企鵝的表演卻是又吵又鬧亂翻了天。劇院經理和觀眾全都捧腹大笑。

最後波普太太彈完了曲子，脫下手套。

波普先生說：「你們得快點把梯子搬走，否則這些企鵝會完全不受控制。好了，表演結束，布幕該放下來了。」

劇院經理示意工作人員降下布幕，所有觀眾起立喝采。

等到梯子移走，劇院經理派人買了十二支冰淇淋甜筒給企鵝吃。珍妮和比爾看到了在一旁唉唉叫，經理只好再多買一些，發給每人一支。

葛林邦先生一馬當先過來恭喜波普一家。

「不瞞你說，波普先生，我認為這些企鵝充滿獨特的魅力，今晚的表演精采絕倫，顯示牠們是真正的表演者——正是我們演藝界需要的那種天生藝人。還有啊，你們真是幫了我的朋友的大忙——我說的就是這邊這位劇院經理，我相信最感謝你的人就是他。我敢說，這些企鵝很快就會席捲從西岸奧勒岡州到東岸緬因州的各大劇院。」

葛林邦先生繼續說：「至於演出酬勞，波普先生，我們簽十週的合約，每週十萬元。怎麼樣？」

「這樣可以嗎，媽媽？」波普先生問。

「可以，非常好。」波普太太回答。

葛林邦先生說：「好的，那麼只要在這些文件上簽名就可以了。準備好下週四在西雅圖開始登台表演吧。」

劇院經理也表示讚賞：「再次感謝你們帶來如此精采逗趣的表演。對了，波普太太，能不能再戴上手套彈那首進行曲？我想讓我們劇院的接待員觀摩這些鳥兒的表演，向牠們好好學習學習。」

16 上路囉！

第二天，在傲足大道四三二號有好多事情要做：要幫每個人買新衣服、要把舊衣服打包收好，波普太太還得刷洗收拾，把屋子裡裡外外打理得整整齊齊，因為她是個優秀的家庭主婦，無法容忍全家出門時放著屋裡亂七八糟的不管。

葛林邦先生預先支付了第一週的酬勞。波普先生領到錢後所做的第一件事，就是付錢給那個在地下室安裝冷凍設備的技

工，這筆錢讓他擔心了好一段時間，而且說到底，要不是有他的幫忙，波普家根本不可能訓練企鵝。接下來波普先生寄了一張支票給那家從海邊運送活魚的公司。

最後，所有事情都處理妥當，波普先生鎖上了家門。

由於和交通警察起了爭執，所以他們抵達火車站的時間稍稍遲了些；而他們和警察起爭執的原因，則是兩台計程車的意外事故。

顯然波普家的四個人加上十二隻企鵝，沒有辦法全部擠進一台計程車，更別提他們還帶著八個行李箱和一桶準備給企鵝當午餐的活魚，所以波普先生只好叫了第二台車。

這兩個計程車司機都急著搶先趕到車站，這樣才能在打開

車門讓六隻企鵝下車時，讓車站的人大吃一驚，因此兩台車一路飆車競速，到了最後一段路時更互相超車，結果其中一台車的保險桿被撞掉了。不用說，這惹惱了交通警察。

他們抵達車站時，火車正要開動，兩個計程車司機一起幫忙他們穿過閘門、越過鐵軌，跳上車尾的瞭望台，差一點點就要錯過火車了。企鵝們全都氣喘吁吁。

波普一家事先已經討論過，由波普先生在行李車廂陪伴企鵝，以免牠們緊張不安，波普太太和孩子們則是搭乘臥鋪車廂。因為他們是從火車尾端上車，所以波普先生必須領著企鵝穿越整列火車的所有車廂，才能走到最前面的行李車廂。

他們帶著一桶魚，穿過休閒餐飲車廂的時候還算順利，但是到了臥鋪車廂遇到正在鋪床位的服務員，問題就來了。

服務員的梯子對企鵝是極大的誘惑。十二隻狂喜的企鵝口中發出了十二聲快樂的**嘎**。**波普企鵝秀**的主角們完全把紀律拋在腦後，爭先恐後登上梯子，爬進上層臥鋪。

波普先生該怎麼辦呀！一位老太太尖叫著要下車，不管火車是不是正以時速一百五十公里飛馳，她都要立刻下車。一個戴著神職人員白色硬領的紳士建議打開窗戶，讓企鵝跳出去。兩名服務員發出噓聲想要把企鵝趕出鋪位。到最後，連列車長和提著燈籠的煞車手也前來救援。

花費了好一番工夫，波普先生終於把他的大群寵物安全趕進行李車廂。

一開始波普太太有點擔心，不太願意讓珍妮和比爾向學校請假十週，跟著他們長途旅行，但是兩個孩子並不在意。

波普先生對太太說：「親愛的，你要知道，旅行能夠開拓眼界。」儘管波普先生一直夢想著遙遠的國度，但他這輩子從來沒有離開過靜水鎮。

波普企鵝秀打從一開始就造成轟動，在西雅圖的首演相當順利成功——或許是因為牠們已經在真正的舞台上排演過了。

在西雅圖，企鵝們為表演節目加入了自創內容。牠們是節目單上的第一個節目，等到表演結束，觀眾為之瘋狂，熱烈的拍手、跺腳、歡呼，想要看更多的表演。

波普先生和孩子把企鵝趕下台，好讓下一個節目演出。

接下來是來自法國的杜瓦先生表演高空鋼索，想不到企鵝們對這個節目很感興趣，根本不肯乖乖待在台下看表演，而是直接走到舞台上，好看得更清楚些。

不幸的是，這個時候杜瓦先生正在高空鋼索上表演一段高難度舞蹈。

當然啦，觀眾原本以為企鵝的表演已經結束，卻看到企鵝又回到台上，排成一排背對著觀眾，仰頭看著在牠們頭頂上方小心翼翼表演的杜瓦先生。這幕景象讓觀眾感到有趣極了。

所有人都被逗得哈哈大笑，害得杜瓦先生失去了平衡。

「**嘎！**」企鵝們趕緊搖搖擺擺的退開，以免被掉下來的杜

瓦先生砸到。

杜瓦先生很有技巧的恢復了平衡，用手肘內側夾住鋼索，救了自己一命。他看到**波普企鵝秀**的主角們張大十二張紅紅的鳥喙，彷彿在大聲嘲笑。杜瓦先生氣壞了。

「走開，你們這些笨鳥！」他用法語對企鵝們吼叫。

「**嘎？**」企鵝們假裝聽不懂，開始互相用企鵝語對杜瓦先生評頭論足。

不知為何，每次只要企鵝們一現身，越是干擾其他表演節目，觀眾就越是樂不可支。

17 聲名大噪

波普的企鵝很快闖出了名號，只要聽說任何一家劇院要上演**波普企鵝秀**，排隊買票的群眾總是大排長龍。

不過，節目單上的其他演出者並不總是樂見其成。有一次在明尼亞波里斯市，一位大牌歌劇女伶聽說**波普的企鵝**要和她同台表演，大發雷霆。她堅持除非把企鵝弄走，否則絕不登台。於是在工作人員的幫忙下，波普全家總動員，把企鵝趕下台，

躲進舞台下的地下室，由劇院經理負責把守登上舞台的入口，不讓企鵝通過。

企鵝很快發現有另一段短階梯通往樓上，下一分鐘只聽見觀眾爆出驚叫與大笑，因為在樂師演奏的樂池中，忽然冒出了一個又一個的企鵝頭。

樂師繼續演奏，在台上演唱的女歌手看到企鵝之後唱得更賣力，藉此表示她的憤怒，但是觀眾瘋狂的笑聲蓋過了她的歌聲，沒人聽得到她在唱什麼。

原本跟著企鵝往上爬的波普先生，因為看到階梯通往樂池而停下了腳步。

他告訴波普太太：「我想我不應該上去擠在樂師中間。」

波普太太說：「但是企鵝上去了。」

比爾說：「爸爸，你最好在企鵝咬壞小提琴之前把牠們趕回來。」

「唉呦喂呀，我真不知道該怎麼辦才好。」波普先生無助的坐在最頂端的台階上。

「那就讓我去抓企鵝。」波普太太往上爬，越過波普先生，珍妮和比爾緊跟在後。

看到波普太太，企鵝們十分羞愧，因為牠們知道自己不應該跑到這裡來。於是牠們跳上舞台、跑過腳燈，躲進了女歌手的藍色大蓬裙裡。

這下子歌聲戛然而止，只傳出一聲並沒有寫在樂譜裡的尖銳高亢音符。

企鵝們很喜歡劇院裡亮晃晃的燈光、哄堂大笑的觀眾群，也愛到處旅行，因為總是有新鮮有趣的東西可以觀賞。

他們從北方的靜水鎮一路來到了美國西岸。如今傲足大道四三二號的那棟小房子如此遙遠，想當初波普一家還擔心著不知道生活費夠不夠撐到春天。

現在他們每個星期拿到一張十萬元的支票。

如果沒在劇院裡表演，也不是在搭火車前往不同城市的路上時，波普一家的生活是在飯店度過的。

有時候會碰到飯店經理拒絕讓企鵝登記入住。受到驚嚇的飯店經理會說：「哎呀，我們這裡甚至不讓寵物小狗入住呢。」

這個時候波普先生會反問：「是沒錯，但是你們有不准企鵝入住的規定嗎？」

於是飯店經理不得不承認根本沒有關於企鵝的規定。當然了，等經理看到這些企鵝有多麼乖巧整潔，而且有大批客人湧入飯店，希望能夠親眼目睹這些企鵝，經理就會變得非常歡迎波普一家和企鵝。你可能會想，一群企鵝來到飯店，應該有很多搗蛋的機會，但是整體而言，企鵝們表現得非常好，最過火的惡作劇頂多是太頻繁的搭電梯上上下下，或是偶爾咬掉大廳服務生制服上的銅扣。

一個星期十萬元的酬勞聽起來很多，但是波普一家並沒有因此變得富有。入住飯店、在市區往來搭計程車要花上不少錢。波普先生常常想讓企鵝走路往返飯店和劇院，但是企鵝們每次步行上街都像在遊行閱兵，總是搞得交通癱瘓，絕不願意給任何人添麻煩的波普先生只好改叫計程車。

另一項大筆開銷是送到飯店房間的大冰塊，這是為了讓企鵝涼爽一點。還有，波普一家人常到高級餐廳吃飯，費用往往十分驚人。還好有件值得慶幸的事，就是他們不用花錢買企鵝的食物。自從開始旅行表演，他們不再訂購活魚，因為實在太難準時送到了，所以企鵝又開始吃蝦子罐頭。

蝦子罐頭不用花半毛錢，因為波普先生寫下了一句話，成為廠商的廣告詞：**歐文海蝦讓波普的企鵝頭好壯壯**。

這句廣告詞連同十二隻企鵝的照片很快刊登在各大報章雜誌上，歐文海蝦公司給了波普先生一張超級貴賓卡，可以在全國所有雜貨店免費領取蝦子罐頭。

還有其他幾家廠商也力邀波普先生推薦他們的產品，像是大西部菠菜農會和活力早餐燕麥公司，他們願意提供高額的代言費用。可惜企鵝根本不肯吃菠菜或燕麥，而波普先生是個誠實守信的人，不願意說假話——即使他知道這筆錢對他們會很有用。

波普一家和企鵝從西岸又轉回頭向東走，橫越美洲大陸。

在這趟匆促的旅程中，他們的時間只夠蜻蜓點水般的造訪幾個大城市。在明尼亞波里斯市之後，他們又去了密爾瓦基、芝加哥、底特律、克利夫蘭和費城等地表演。

不管他們去到哪裡，都是還沒到就先引起轟動。四月初，波普一家和企鵝來到了波士頓，大批群眾在火車站迎接他們。

到目前為止，讓企鵝保持舒適都不是什麼大問題。但是現在波士頓公園吹起了溫暖的春風，波普先生不得不叫人送來五百公斤重的大冰塊，一塊塊往飯店房間裡搬。他很高興十週的合約馬

上就要到期，下個星期在紐約的表演就是最後一週。

葛林邦先生著手研擬新的合約，但是波普先生開始在想，或許他們一家應該準備回靜水鎮了，因為企鵝們變得越來越焦躁不安。

18 闖出大禍

如果說波士頓的天氣是不符合季節的暖春，那麼紐約的天氣根本是悶熱難耐。波普一家住在可以眺望中央公園的高塔大飯店，企鵝們熱得呱呱叫。

波普先生帶牠們到頂樓花園去捕捉一點涼風，下方的紐約市燈火輝煌，車陣人潮熙熙攘攘，全體企鵝看得入迷。比較年輕的企鵝開始聚集在屋頂邊緣，往下看著一棟棟高樓大廈之間形成的深谷。看到牠們互相推來擠去的，好像下一秒鐘就會有一隻企鵝被擠下去，害得波普先生神經緊繃，他想起南極企鵝總是用這種方法來判斷下面是否有危險。

屋頂對企鵝來說不是個安全的地方。波普先生永遠不會忘記，在葛蕾塔出現之前、庫克船長病得很嚴重的時候，他有多麼擔心害怕。現在他絕對不願意冒著可能失去任何一隻企鵝的風險。

只要是有關企鵝的事，波普先生從來不會嫌麻煩。他帶著企鵝下樓回到房間，在浴室裡幫牠們沖冷水澡，忙了大半夜。

睡眠不足的波普先生，第二天早上叫計程車去劇院的時候，還處在非常愛睏的狀態，除此之外，他向來有點心不在焉。

誰知波普先生就這樣犯下了大錯，他對第一個計程車司機說：

「到帝王劇院。」

「好的，先生。」計程車司機穿梭通過繁華的百老匯，車窗外的景象讓孩子和企鵝都十分著迷。

快要抵達劇院的時候，司機轉過頭來說：「嘿，你該不會是要說，這些企鵝要和史文森海獅團在同一家劇院演出吧？」

波普先生一邊付錢一邊回答：「我不知道這家劇院還有哪些其他節目。反正，帝王劇院已經到了。」企鵝們推推擠擠的下了車，一個接一個走進了舞台入口。

有個高大壯碩的紅臉男子守在舞台側邊，說：「啊哈，看來這些就是**波普企鵝秀**的主角囉？哼，我要告訴你，波普先生，我是斯文・史文森，現在在舞台上表演的就是我的海獅，要是你的企鵝敢耍什麼花招，可不會有好下場。我的海獅一個個都是鐵錚錚的硬漢子，你看到了沒？每隻海獅都可以吞下兩、三隻企鵝。」

舞台上傳來海獅嘶啞的叫聲，牠們正在表演節目。

波普太太說：「爸爸，企鵝秀是最後一個節目，你趕快回去攔住那兩輛計程車，我們讓企鵝搭車兜兜風，等輪到牠們表演時再進來。」

波普先生匆匆忙忙跑出去叫住司機。

等他回來時，已經太遲了。企鵝已經發現了史文森海獅團的海獅。

「爸爸，我不敢看！」孩子們叫著。

舞台上傳出一陣可怕的混亂聲響，觀眾一片喧囂，布幕快速降下。

等到波普一家衝上台，企鵝和海豹已經找到了通往史文森先生專屬化妝室的階梯，雙方都爭先恐後往上爬。

「我不敢去想裡面會發生什麼事。」波普先生忍不住打了個冷顫。

史文森先生只顧著大笑。「希望你的鳥兒有保險啊，波普。牠們能值多少錢呢？我們上去看看吧。」

波普太太說：「你跟著上去，爸爸。比爾，你快到劇院外面去叫警察來，看看能不能搶救出一些企鵝。」

「我去找消防隊。」珍妮說。

消防隊一路敲著噹噹響的警鐘趕到，他們架設梯子從窗戶爬進史文森先生的化妝室，卻發現根本沒有火災，這讓他們有些生氣。但是當他們看到六隻蓄著黑色鬍髭的海獅坐在房間中央咆哮，十二隻企鵝正興高采烈的排成一個方形圍著海獅遊行，這幅畫面化解了消防隊員的怒氣。

接著警察也開著巡邏車趕到，他們沿著消防隊員架設的梯子往上爬，等到他們也爬進窗戶，簡直不敢相信自己的眼睛。原來消防隊員把他們的頭盔戴在企鵝的頭上，結果這些快樂的

鳥兒看起來像呆呆的小女生。

看到消防隊員支持企鵝，警察很自然站到了海獅那一邊，把警帽戴在海獅的頭上。有著黑色長鬚和黝黑面孔的海獅變得非常勇猛。

等到波普先生和史文森先生終於打開了門，戴著消防頭盔的企鵝正在警察面前賣弄的走來走去，戴著警帽的海獅則是朝著消防隊員狂吠。

波普先生一屁股坐在地上，心頭的大石一卸下，反倒讓他好一會兒說不出話來。

史文森先生說：「你們警察最好現在就把帽子從我的海獅頭上脫下來，我得下去回到舞台上完成表演。」接著他和六隻海獅就鑽出了房間，臨走前還吠了幾聲。

「好吧，再見了，小鴨鴨。」消防隊員很可惜的從企鵝頭上摘下頭盔戴回自己的頭上，然後就從梯子消失了。企鵝們當然想要跟過去，但是波普先生連忙阻止。

就在這個時候門突然被推開，劇院經理衝進房間。

「抓住那個男人！」經理對警察大吼，手指著波普先生。「我有他的逮捕令。」

「誰，我嗎？」波普先生整個人迷糊了，「我做了什麼？」

「你闖進我的劇院，搞得大家人仰馬翻，這就是你做的好事。你擾亂安寧！」

「可是我是波普先生，這些是**波普企鵝秀**的企鵝，我們的名聲早已傳遍全國各地。」

「我才不管你是誰，你帶著這些企鵝闖到我的劇院來到底想要搞什麼鬼？」

「葛林邦先生付我們十萬元，要我們在帝王劇院演出一個星期。」

「葛林邦先生的劇院是皇宮劇院，不是帝王劇院。你跑錯地方了。反正，你帶著你的企鵝快給我滾出去。警車正在外面等你們。」

19 意外的訪客

波普先生連同庫克船長、葛蕾塔、哥倫布、露易莎、尼爾森、潔妮、麥哲倫、阿德琳娜、史考特、伊莎貝拉、斐迪南和維多莉亞一起被塞進了警車，一路呼嘯前往警察局。

儘管波普先生苦苦哀求，值班警官依然不為所動。

「你們闖進劇院，劇院經理很生氣，所以我要拘留你們。我會找一間安靜的牢房，讓你們全部待在裡面，直到籌出保釋金為止。你的保釋金就訂為一萬元，這些企鵝每隻兩千元。」

波普先生身上當然沒有這麼多錢。他們打電話給人在飯店的波普太太，她也沒錢。他們已經預先支付了未來幾天的住宿費用，波普太太手上早已沒有現金，而最後一週的演出酬勞要到本週結束才會支付。事實上，現在看起來，搞不好波普一家人永遠拿不到這筆酬勞了，因為他們沒辦法把企鵝從牢裡弄出去到皇宮劇院表演。

要是能夠聯絡上葛林邦先生，波普先生相信好心的葛林邦先生一定會想辦法拯救他們。但是葛林邦先生遠在西岸的好萊塢，身在東岸的波普一家人不知道該怎麼和他聯繫。

獄中生活對企鵝來說非常無聊。到了星期三還是沒有葛林邦先生的消息。星期四，企鵝們變得垂頭喪氣，顯然缺乏活動加上高溫讓牠們實在難以忍受。牠們不再惡作劇，也不再開開心心的遊戲。甚至連年幼的企鵝都動也不動，沉默而憂鬱，波普先生怎麼樣都沒辦法讓牠們振作起來。

波普先生有種預感：葛林邦先生會在本週結束前現身，來找他們簽新的合約。但是星期五過去了，還是沒有半點動靜。

星期六波普先生起了個大早，把頭髮弄整齊，然後儘可能把企鵝們梳理得光鮮亮麗，因為他希望在葛林邦先生出現的時候，展現出最擺得上檯面的模樣。

十點鐘左右，走廊傳來一陣腳步聲和鑰匙敲擊的叮噹聲，牢房的門打開了。

「你自由了，波普先生。你的朋友來了。」

波普先生帶著企鵝走出牢房，來到明亮的光線下。

他差點就要開口說：「你還真是千鈞一髮的趕上最後一刻啊，葛林邦先生。」

然而，等到他的眼睛習慣了光線之後，又仔細看了一次。

站在那裡的不是葛林邦先生。

而是一個滿臉鬍鬚的高大男子，穿著英挺的制服。男子微笑著向波普先生伸出了手。

他說：「波普先生，我是德雷克司令。」

「德雷克司令！」波普先生驚訝的倒抽了一口氣，「你該不會是從南極回來的吧！」

「是啊。」德雷克司令回答，「德雷克南極遠征船昨天回來了，你真應該看看紐約市民怎麼樣盛大歡迎我們。今天的報紙有不少報導。總之呢，我在報上看到你和企鵝們遇上了大麻煩，所以我趕了過來。這件事說來話長。」

「我們可以回到飯店再談嗎？」波普先生說，「我太太一定急著想要見我們。」

德雷克司令回答：「當然可以。」

等他們全體在飯店房間安頓下來，企鵝們簇擁在旁邊等著聽故事，德雷克司令開始敘述——

「當我知道要準備回美國的時候，很自然會常常想到那個我送了一隻企鵝給他的人。在南極那麼偏遠的地方，消息要花很久的時間才會傳到，我常常在想，不知道你和那隻企鵝過得怎麼樣。

「昨天晚上在市長招待的晚宴上，我才聽說你帶著訓練有素的企鵝在全國各地演出。今天早上我翻開報紙讀到的第一條新聞，就是波普先生和他的十二隻企鵝依然被收押在獄中。但是，**十二隻**企鵝，波普先生——這到底是怎麼回事？」

接著，波普先生講述了葛蕾塔如何來到他們家，讓庫克船長不再寂寞，以及小企鵝們如何誕生成長，這群聰明伶俐的小傢伙又是如何為波普一家帶來歡笑與希望。

「太了不起了！」德雷克司令說，「我這輩子見過很多企鵝，但是從來沒見過這麼有教養的企鵝。這充分顯示了耐心和教育可以達到的成就。」

德雷克司令接著說：「現在讓我來談談此行的目的。波普先生，你或許知道，除了南極，我也曾到北極探險？」

波普先生充滿敬意的回答：「喔，當然了。關於你到南極和北極探險的書，我都拜讀過。」

德雷克司令說：「好，那你應該知道，為什麼我們這些探險家比較喜歡南極囉？」

「會不會是因為企鵝呢，德雷克叔叔？」非常認真在聽的珍妮開口問道。

德雷克司令輕拍她的頭表示讚許：「是啊，小可愛。在極地的漫漫長夜，如果沒有寵物作伴，實在很無趣。當然啦，在北極有北極熊，但是你可沒辦法和**熊**玩耍。沒人知道為什麼北極沒有企鵝。很長一段時間以來，美國政府一直希望我率領一支遠征隊，到北極去培養一批企鵝。

「我就直說了，波普先生——你養的這些企鵝如此成功，實在讓人佩服。你願不願意讓我帶牠們到北極去，讓企鵝在那邊繁衍？」

就在這個時候，服務生打電話通知，葛林邦先生和另一位紳士來了。大家互相握手寒暄，波普先生向他們介紹了德雷克司令的身分。

葛林邦先生說：「哎，波普先生，搞錯劇院真是太慘了，但是別放在心上。這位是巨藝電影公司的老闆克萊先生，他要給你發大財的機會。你再也不會是個窮光蛋了。」

「窮？」波普先生說，「我一點也不窮。這些企鵝幫我們每週賺進十萬元呢。」

克萊先生說：「喔，十萬元算什麼？那不過是一筆小錢而已。波普先生，我要讓這些企鵝拍電影。我們的編劇部門已經開始為牠們編寫故事。你看，每隻企鵝分別簽一份合約，能讓你們一家人下半輩子住在金山銀山裡。」

「爸爸，」波普太太低聲說，「我不想要住金山銀山。我想要回靜水鎮。」

德雷克司令說：「好好考慮啊，波普先生。我可沒辦法提供這麼棒的條件。」

波普先生問：「你說那些駐守在北極的人，因為沒有企鵝所以很寂寞？」

「非常寂寞。」司令回答。

「但是如果北極有企鵝，不會被北極熊吃掉嗎？」

「嗯，普通的企鵝或許會，」德雷克司令想了想之後回答，「但是像你們家這種訓練良好的企鵝不會。我想，牠們可以靠著聰明機智

勝過任何北極熊。」

這時，克萊先生插了一句：「想想看，孩子們未來可以在全國每一家電影院看到**波普的企鵝**領銜主演的電影，為他們帶來歡樂。」

德雷克司令說：「當然，要是我們在北極成功建立了企鵝王國，名字可能會不一樣。我想，科學家會把牠們命名為『波普北極企鵝』，這個名字會流傳幾百年。」

波普先生沉默了一會兒。

然後他說：「兩位先生，非常謝謝你們。明天我會給你們答覆。」

20 啟程遠颺

這是一個艱難的決定。訪客們離開之後，波普先生和太太坐下來討論怎麼樣對大家最好。波普太太整理出雙方提議內容的優點，幫助波普先生理清思緒，但把決定權完全交付給他。

波普太太說：「我覺得這些企鵝確實是你的責任，你必須下定決心。」

第二天，準備好宣布決定的波普先生看起來憔悴又蒼白。

他說：「克萊先生，我想要讓你知道，我非常感謝你邀請我的企鵝拍電影。但是我不得不婉拒。我不認為好萊塢的生活適合我的企鵝。」

然後他轉向德雷克司令說：「德雷克司令，我要把企鵝交給你。我這樣做是因為我把企鵝的考量放在第一位。我知道牠們和我在一起過得很自在快樂，但是最近發生的這些事，加上天氣變暖，讓我不由得開始擔心。畢竟最適合牠們的是寒冷的氣候。這些企鵝為我做了太多，我必須為牠們的最佳利益著想。還有，我忍不住同情那些待在北極的人，要是沒有我的企鵝陪伴他們，日子應該會很難過。」

德雷克司令回答：「政府很感謝你的付出，波普先生。」

「恭喜你啦，司令。」克萊先生說，「或許你說得對，波普先生。好萊塢可能不是最適合企鵝的地方。不過呢，我希望在牠們離開之前，能留在紐約這裡讓我拍一部短片，只是拍一些牠們在舞台上表演的東西。我們會到處播放這支影片，讓所有人都知道牠們是**波普的企鵝**，即將隨著德雷克司令遠征北極，諸如此類的。」

波普先生說：「那真是太好了！」

克萊先生繼續說：「當然啦，我們會付你錢，雖然金額不大——我是說，如果和你願意讓企鵝簽電影合約比起來的話。不過，反正呢，大概是五十萬元吧。」

波普太太說：「這對我們很有幫助。」

所有人都走了以後，波普先生說：「傲足大道四三二號以後會變得很安靜。」

波普太太沒有回話。她知道不管說什麼，都不足以安慰波普先生。

「不過呢，」波普先生又說，「既然已經到了春天，會有很多人想要油漆房子，所以我們最好趕緊回去。」

比爾說：「反正我們已經撈到了整整十個星期的假，這可是在學期中喔，沒有幾個小孩有這樣的機會。」

第二天，攝影師來拍攝企鵝表演。波普一家決定在紐約待到為遠征隊送行。

同一時間在港口內，德雷克司令的大帆船正在為長途航行到北極做準備。每天都有一大箱又一大箱的各種補給品不斷搬上船。船上最舒服的客艙被改裝成企鵝的房間，牠們是這趟旅程的主角。

庫克船長對這艘船已經很熟悉，因為德雷克司令就是駕駛同一艘船到南極，庫克船長以前在南極常看到這艘船。葛蕾塔也看過類似的船隻。牠們兩個忙著向沒搭過船的尼爾森、哥倫布、露易莎、潔妮、史考特、麥哲倫、阿德琳娜、伊莎貝拉、斐迪南和維多莉亞解說，還

帶牠們到處參觀。

船員們都很喜歡看著這些可愛的小傢伙在船上好奇的探險。

他們讚許說：「看起來這會是一趟充滿活力的旅程。**波普的企鵝**果然名不虛傳。」

到了最後，一切就緒，波普一家要向企鵝告別的時刻來臨，比爾和珍妮卻還滿船到處跑，直到要收拾起登船板的時候還不想離開。德雷克司令和孩子們及波普太太握手，謝謝他們幫忙訓練出

這些獨一無二的企鵝，對科學研究貢獻良多。

波普先生下到船艙去和他的企鵝私下告別。要不是因為知道這樣做對牠們最好，波普先生一定會忍不住崩潰哭倒。他先向所有年輕一代的企鵝說再見，然後是救了庫克船長一命的葛蕾塔，最後輪到庫克船長——來到波普先生的生命中，使他的生活變得如此截然不同的庫克船長。他彎下腰給了庫克船長一個特別的告別。

然後他擦乾眼淚，挺直背脊，離開企鵝，上到甲板去向德雷克司令說再見。

「再見了，德雷克司令。」波普先生說。

「再見？」德雷克司令反問，「怎麼回事，你是什麼意思？

你不跟我們一起走嗎？」

「我——和你們一起去北極？」

「當然了，波普先生。」

「但是我憑什麼跟你們一起去？我又不是探險家或科學家。我只是一個油漆工。」

「你是企鵝的主人，不是嗎？」司令高聲說，「這些企鵝不就是這一整趟遠征的主要目的嗎？要是你不來，誰來照顧這些企鵝、確保牠們健康快樂？快去穿上和我們其他人一樣的毛皮衣，再過一分鐘就要起錨了。」

「媽媽，」波普先生對著走上登船板的波普太太大喊，「我也要去！我也要去！德雷克司令說他需要我。媽媽，如果我

一、兩年不回家，你會不會不高興？」

「喔，這樣啊。」波普太太說，「我會很想你，親愛的。但是我們的錢足夠撐上幾年，到了冬天要是家裡沒有一個整天坐著無所事事的男人，我打掃起來會輕鬆很多。我會回靜水鎮。明天就是愛心婦女會開會的日子，我剛好趕得上。那就再見啦，親愛的，祝你們好運。」

「再見了，祝你們一路順風！」孩子們跟著大喊。

企鵝聽到了聲音，匆忙趕到甲板上，站在德雷克司令和波普先生的身邊。牠們莊嚴的舉起鰭狀翅揮舞，船隻緩緩的沿著河流駛向了大海。

波普先生的企鵝

作者／理查・艾特瓦特夫婦（Richard and Florence Atwater）
譯者／葛窈君

主編／楊郁慧
封面設計／三人制創工作室　繪圖／王秋香　內頁設計／陳聖真
行銷企劃／鍾曼靈
出版一部總編輯暨總監／王明雪

發行人／王榮文
出版發行／遠流出版事業股份有限公司　台北市南昌路 2 段 81 號 6 樓
電話：(02)2392-6899　傳真：(02)2392-6658　郵撥：0189456-1
著作權顧問／蕭雄淋律師
□ 2016 年 6 月 1 日 初版一刷　□ 2021 年 1 月 15 日 初版七刷

定價／新台幣 250 元（缺頁或破損的書，請寄回更換）

ISBN 978-957-32-7826-9
遠流博識網 http://www.ylib.com　E-mail:ylib@ylib.com
遠流粉絲團 https://www.facebook.com/ylibfans

Mr. Popper's Penguins

國家圖書館出版品預行編目 (CIP) 資料

波普先生的企鵝 / 理查・艾特瓦特夫婦 (Richard and Florence Atwater) 著 ; 葛窈君譯. — 初版. — 臺北市 : 遠流, 2016.06

面 ;　公分

譯自 : Mr. Popper's penguins

ISBN 978-957-32-7826-9 (平裝)

874.59　　　　105006235